第一个被遗忘的人
Le Premier Oublié

[法]希里尔·马沙霍朵 著
Cyril Massarotto

梁若瑜 译

重庆出版集团 重庆出版社

Le Premier Oublié by Cyril Massarotto
Copyright©XO Éditions 2012, France.
Simplified Chinese edition copyright:
2016 Changsha Senxin Culture Dissemination Limited Company
All rights reserved.
版贸核渝字（2015）第 254 号

图书在版编目 (CIP) 数据

第一个被遗忘的人 / [法] 马沙霍朵著；梁若瑜译.
—重庆：重庆出版社，2016.9
ISBN 978-7-229-11134-2

Ⅰ.①第… Ⅱ.①马… ②梁… Ⅲ.①长篇小说—法国—现代
Ⅳ.① I565.45

中国版本图书馆 CIP 数据核字（2016）第 092138 号

第一个被遗忘的人
DIYIGE BEI YIWANG DE REN

[法] 希里尔·马沙霍朵　著　梁若瑜　译

责任编辑：钟丽娟　曾　玉
责任校对：杨　婧
装帧设计：八牛设计工作室

重庆出版集团　出版
重庆出版社

重庆市南岸区南滨路 162 号 1 幢　邮政编码：400061 http://www.cqph.com
重庆出版集团艺术设计有限公司制版
重庆华林天美印务有限公司印刷
重庆出版集团图书发行有限责任公司发行
E-mail:fxchu@cqph.com　邮购电话：023-61520646
全国新华书店经销

开本：787mm×1092mm　1/32　印张：7　字数：80 千
2016 年 9 月第 1 版　2016 年 9 月第 1 次印刷
ISBN 978-7-229-11134-2
定价：28.00 元

如有印装问题，请向本集团发行有限公司调换：023-61520678

版权所有　侵权必究

目录

第一部分

- 003   **1. 骤变**
- 025   **2. 谎言**
- 034   **3. 结果**
- 059   **4. 日常生活**
- 087   **5. 其余的事**
- 103   **6. 离开**

目录

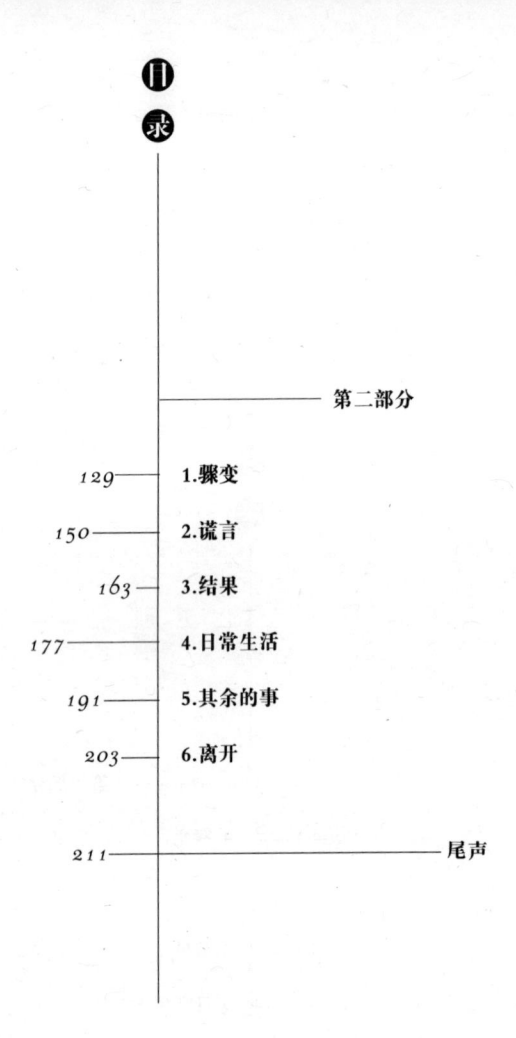

第二部分

- 129　1. 骤变
- 150　2. 谎言
- 163　3. 结果
- 177　4. 日常生活
- 191　5. 其余的事
- 203　6. 离开

尾声

211

第一部分

1. 骤变

汤玛斯

那一天的三年后

"妈妈,早安。"

"您是谁?"

就这样,我的天地瞬间骤变:短短的一句话,使我成了第一个被遗忘的人。

玛德莲

那一天

这天,我正从大卖场走出来。噢,只是很普通的一天,没什么特别的,去补买周末要用的一些东西:买一些蔬菜,不是有机的,就只是一般蔬菜;还有买鸡肉,和一些番茄。汤玛斯自从在学校学到以后,便一天到晚跟我说:"妈妈,我告诉你,番茄是一种水果,真的!"从那时候起,我买菜列清单时,坚决再也不把"番茄"写在"蔬菜"那一栏。我还买了几根香蕉和一小网袋的苹果。重点是,在我的环保购物袋里,装着两瓶不时互相碰得叩叩响的厚玻璃瓶,是加拿大进口的枫糖浆,准备配甜点用的。这个枫糖呀,我的三个心肝宝贝最爱拿来加在水果色拉里,这种浓郁的糖浆俨然成了我们家的一种传统,每当周日或节日,他们一起来家里聚餐时,必定人手一盅浸泡在满满枫糖浆里的水果丁。

蜜糖的小小奇迹,就是能把任何大人瞬间变成小孩子。

我从正对着第二十六号收银台——二十六是我的幸运数字,也是我的结婚纪念日——的大门出来时,忽然想不起自己把车停在哪里了。最近几年,老是这样,我常忘了车子在哪里,记不清楚我把它停在哪条通道上。我一直都有点这样,八成是遗传自我母亲,她在世时老是忘东忘西,经常把人名和日期搞混,永远找不到钥匙。我父亲称她"傻丫头",有好长一段时间,也不知为什么,我以为丫头是某种鸭子,听起来很像嘛。但想不起来的事情总会慢慢想起来的,只要稍微专心想一下就行了。好啦,我到底把车停到哪里去了,是靠右边,购物推车的大遮棚那边,还是靠左边,爱心停车格那边呢？我想不起来。慢慢来，别心急：一分钟，不用，只要三十秒不到，一定就会想起来了。

向来都是如此嘛。

这一分钟很漫长；它大概长达两三分钟。虽然我耐着性子，却什么也没想起来。我没乱了方寸，最后决定在停车场里随意走走，这样迟早会和我的车子不期而遇。就在我步上右侧第一条通道时，忽然间惊骇得动弹不得：我发现，我最大的问题，其实不是不记得自己车子停在哪里。不是的，真正的问题，是我甚至不知道我要找的，到底是一辆小红车，还是一辆大蓝车。

就这样，这一天，我的天地瞬间骤变，我成了个健忘的人。

汤玛斯
那一天的三年后

"妈妈,是我呀!汤玛斯呀!"

"汤玛斯,喔……汤玛斯,呃,您是,呃……不,我不认识您。"

为什么是我?为什么她忘记的偏偏是我?当然,我们早就知道会发生这种事,我们打从一开始就通通知道了,当时院方——以我们的例子而言,所谓的院方是个双手太短的褐发小胖子——就已经战战兢兢地向我们说明过,说我们可怜的母亲会很辛苦,说我们也是,说这病情只会每况愈下。我们知道衰退的过程,知道病情的每一个不同阶段,知道自主能力将如何逐渐丧失,我们知道一些很刺耳的词汇,像是失认症、失用症或失语症和生命期望值。没有什么比生命期望值这个词更矛盾的了:如果有人跟你谈这件事,那就是已经没什么好期望的了;说穿了,只剩等死,而唯一仅存的期望,就是期望这死别太缓慢,也别太痛苦。

所有这些事,我们早就知道了,至少我早就知道了,我接受了,反正也没得选择。可是就算我接受了,也决没想过会遇上这种情况呀!决没想过自己竟会成了第一个被遗忘的人!

这种事怎么可能会发生?她不论怎样也不可以忘记我呀!

"先让你看一下电视,待会儿就会好点了,你会认得我的,一定会的。"

"现在几点?"

"妈妈,现在是早上九点,我昨晚回我家。你有睡吗?"

"我不知道。"

"你一定记得吧,昨天晚上,我就在这里陪你,

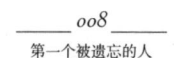

现在早上我又来了,每天都是这样呀!喏,我去帮你领药来了。"

"喔,您是来帮我打针?"

"打针?打什么针?"

"噢,我哪知道呀!拜托请您让我好好看电视。"

这一刻,我的心仿佛被甩了一巴掌:今天自从我来到现在,她一直都是说"您"。我的母亲称我"您"。昨天晚上,我还是她的儿子汤玛斯,但今天早上,她竟然对我用敬语。才不过一个晚上,她的脑袋里怎么没有我了呢?

打针,应该是她刚刚帮我打了一针才对:不是回神针,而是遗忘针。而且我觉得她把针插在我两眼之间了,因为痛得要命呀。我瞪大眼睛想让痛楚消退,但痛楚好像有点向两侧流淌。

"拜托,我又不是医生!妈妈,你看着我。先把电视遥控器给我,我把它转小声一点。你看着我。妈妈,你认得我吧,对不对?我不是来打针的,我是你儿子。你知道的,我是汤玛斯,你最爱的儿子呀!没啦,我开玩笑,你爱我们三个爱得一样多,对不对?你的三个心肝宝贝呀!你的三个小孩,你都爱得一样多,对不对?你跟我聊聊你的小孩吧,然后就会想起来了。"

"我的小孩?对,我有小孩,有!"

"很好,讲给我听!"

"老大是劳伯特,在我结婚后整整九个月出生!他就是俗称的新婚之夜宝宝。噢,您都不知道,劳伯特小时候去上学以后,就变得很讨厌自己的名字。我明明跟我老公说,用爷爷的名字替他命名实在不是个好主意,可是他爷爷是战死的,又是为国捐躯而获颁过勋章的,所以,身为退役军人的孙子也不能说什么,所以还是把他取名叫劳伯特了。有很长一段时间,他都要别人叫他鲍伯,因为他发现在美国,大家提到演员劳伯狄尼洛时,都是称他鲍伯。但后来,他长大以后就不再介意了,现在他又叫做劳伯特。"

"很好,很棒。"

"他是法院执达员。相信我,那是个很好的工作,连我们做父母的,赚的也没他多。您一定不知道,可是对一个做母亲的来说,看到自己儿子的人生有所成就,是很欣慰的,甚至是很骄傲的。"

知道,我知道。我的第一本小说出版时,我爸妈呀,他们就很引以为傲。尤其是爸爸,我的那些书,他读了又读,都比我还熟了。妈妈也很引以为傲,但她比较内敛。她要我替她签名的那一天,起先我还以为她在开玩笑,结果发现她是认真的,我好像花了一星期才想出要题什么辞给她。唯一能给自己母亲题的辞,是感谢;努力想尽办法让自己活着,还有什么别的方式比这更能感谢自己的母亲?于是我写道:献给我的母亲,她没问过我是否想要活,但她每天都有办法让我期盼明天。她读的时候没说什么,我猜她感到失望吧,一句简单的我爱你,想必要实在得多。我妈呀,对这种题辞根本不在乎吧,但想当然,我从来没亲口跟她说过我爱你,所以叫我用写的就更那个了。

"既然说到骄傲,说说你的下一个孩子吧!把他的事通通讲给我听!"

"然后,是我女儿,茱莉叶。"

"不对,在茱莉叶之前!"

"劳伯特吗?我刚讲过啦!"

"对,但劳伯特之后呢?"

"之后就是我女儿茱莉叶呀!"

才不是,劳伯特三年后是我呀!有我,然后再过两年,才轮到小妹茱莉叶呀!

"你说说她吧……"

"您知道吗,我女儿呀,她很乖呢,她开了自己的不动产经纪公司,工作很忙,但她几乎每天都会来看我!"

哪有,才不是这样的!她只有周末才来!是我每天都来,只有我随时在这里,另外那两个,他们住得太远了,他们永远都工作太忙,他们永远没空,妈的!我每天随时都在这里!我他妈的天天都来,而你竟然不认得我了?

"对,妈妈,但这两个孩子中间,在劳伯特和茱莉叶中间,还有一个谁?还有一个谁呢……"

她没回答,只是望着我,一脸茫然。

"还有我呀,妈妈!你的儿子汤玛斯呀!你的作家儿子呀,你老是说:'这孩子坚持要当艺术家,害我很烦恼,像他的哥哥和妹妹,至少不用担心没饭碗!'可是后来,你看到我上电视以后,还记得吗？你好骄傲,隔天我回来的时候,你还坦言,说当艺术家其实是你小时候的梦想,说你很向往绘画,可是家里太穷了,说穷人家里养不起画布和画笔!怎么样,你想起来了吧?你的二儿子,你的艺术家、作家儿子呀!来,快回想一下,你有三个孩子:劳伯特、我,和茱莉叶!你自己说一遍:你先是生了劳伯特,然后……"

"茱莉……"

实在很可怕,但有那么一秒钟,我好想甩她巴掌。又响又亮的一巴掌,就像电影里那样,好让她元神归位。

"嗯,好啦。茱莉叶,劳伯特……这些不重要。"

我好想什么都不管,只生气大哭,像个受伤的小男生那样号啕大哭,好让她看到我有多难过,让她看到她把我弄得多难过……

"不然,还好吗,妈妈?你今天除了看电视,还做了什么?"

玛德莲
那一天

我倚靠着购物推车遮棚的亚克力墙面,购物袋搁在两腿之间,我正在经历最可怕的一种恐慌,感觉自己内心一片茫然,完完全全的茫然,脑袋里有个无底大洞。仿佛我要发疯了。那辆该死的车,到底长什么样子呀?我想到一个办法,或说是一种直觉,驱使我把整件事从头回想起。我相信,如果依时间顺序列出我所有的车子,一定会有所帮助。第一辆呢,我当然记得,是我用帮忙采收葡萄和送报纸打工所存的钱买的,是一辆破铜烂铁,不值几个钱,一辆很小的飞雅特,车身的漆实在太斑驳了,以至于妈妈和我忍不住拿刷子一起把它重漆了一遍。我选了黄色,我觉得这颜色应该会很特别。结果惨不忍睹,某些地方还可见到隆起不均匀的干硬油漆痕迹。我仍记得很清楚,这辆飞雅特连一年都没撑完,据说是链带耗损太严重,断了,也把引擎毁了。于是我又找到一辆爱快罗密欧,车龄几乎一样老,但比较漂亮一些,也省得我自作聪明重漆了。过了几个月,我把它卖了,因为这期间,我认识了麦克斯,我们一起买了一辆几近全新的漂亮福特……

我的思绪在此打住:我想到办法了!打电话给麦克斯,问他我们的车子是哪一款!我来想个借口,这样他就不会觉得太奇怪,再说都这么久了,他早就很习惯我的各种小怪癖……我把手伸进手提袋,拨开化妆包和眼镜匣,然后手指直接握住了我的手机。我用拇指开启了荧幕,然后开始浏览通讯录里的名字。

A、B、C、D，那是一种特别的期待感，仿佛一想到能和他说话，让我顿时安心不少。E、F、G、H，随着字母一个个出现，我已经感觉到自己的心平静下来，呼吸也变得平稳，这就是麦克斯效应呀，他总是能舒缓我，让我变得平静。I、J、K、L，终于，快到了，只要一通电话，所有烦恼都没了，我不会把这件事告诉任何人，而且谁知道，说不定这种事再也不会发生？到了M这个字母，只有五个联络人：Maison（家里）、Manucure（美甲师）、Medecin（医师）、米罗和梦娜。我反复看了又看，把小荧幕关掉又重新开启："美甲师"和"医师"之间什么也没有。没有麦克斯的Max。

麦克斯……

麦克斯？

脑袋好像要烧起来了，因为我不但忘了自己的车子是哪一款，居然还把老公的名字忘了。

汤玛斯
那一天的三年后

她向我描述她的这一天时,只用了两句话,中间还隔了漫长的三十分钟沉默,她说她只有看电视,其他什么也没做。我稍等了一会儿,亲吻了她的额头,然后就离开了。她向我说了声客气的"再见"。没有人跟自己的儿子讲话会客气。

刚才这几分钟,我一直都压抑住了,但这下子我受不了了。我狠狠踹了垃圾桶一脚,朝全世界声嘶力竭吼了一声"妈的",还有无尽的泪水。

这不是真的。这不可能。太不公平了。她居然把我给忘了,我啊!我可是排行中间的小孩啊!不论怎么想都没道理呀!按照医师们的说法,这个该死的病应该会先侵蚀最近期的记忆:如果是这样,年纪最小的茱莉叶,才该是最先被她忘掉的！可是偏偏没有，她连她的职业都记得！

当然，打从一开始，医师就有告诉过我们，每一位病人的病情未必会按照相同的模式发展——某天，某位算是拥有某种特殊幽默感的医师曾对我说："这方面嘛，要我说的话，算是每个人有每个人自己的阿兹海默症啦！"这个自以为搞笑的家伙，我会很乐意赏他一巴掌。所以很有可能，妈妈的情况是回忆的两头都受到侵蚀，旧回忆和新回忆同时受到影响，那么妈妈的回忆会从开头开始褪色。如果是这样，年纪最大的劳伯特应该最先被忘记才对呀！

要么是茱莉叶，要么是劳伯特，我左想右想都觉得这样才对！所以，搞什么？为什么是我，妈的！为什么偏偏是排行中间的我，这从医学上根本说不通呀！除非……

除非，或许她的脑袋会筛选。可用的容量越

来越少,所以它就选择性失忆。它依重要性的不同,选择保留或舍弃。显然我呢,我不如我哥哥或妹妹来得重要:它进行冬季大扫除,我便是第一个被扫掉的人。

其实很简单嘛:妈妈爱我爱得比较少。我在她心中占的位子最小,所以在脑袋里占的空间也最少。

最不被疼爱,所以第一个被遗忘。这样就很说得通了。然而三年前,事情真正发生时,她却是打电话给我。

不是打给劳伯特。

不是打给茱莉叶。

是打给我。

玛德莲
那一天

我好害怕又好茫然,差点以为自己要昏倒了;然后我心想得打电话给汤玛斯,他一定能理解的,他会来接我,我会把实情一五一十告诉他,让他知道就算了。我会把这几个月来不敢让大家知道的事情、不敢让我自己知道的事情,通通坦白告诉他。一定要一吐为快,我受够了。以我现在所处的这个情境,脑袋里千万个疑问翻来覆去,双腿越来越无力,身体渐渐顺着所倚靠的透明亚克力墙板往下滑,别人来插入铜板,一面拉开小链子取购物推车,一面对我投以异样眼光,我非面对不可。我非说出来不可。

在我手机荧幕上,我从字母 M 一路滑到 T,祈求里面真的有汤玛斯的 Thomas,并祈求汤玛斯真的是我儿子。R、S,接着是T:松了一口气,有他。我按下绿色话筒的图示,把手机贴到耳朵,手指感受到顺着太阳穴流下的汗水。

"喂?"

"汤玛斯?"

"是。"

"我的儿子汤玛斯?"

"对,妈妈,怎么了?"

"你快来接我。事情不太对劲。"

他没多久就赶到了,大约十到十五分钟吧,但我的状况仍没好转。一位路过的妇人觉得我看起来怪怪的,说要拿水给我喝,我接受了,她拆开一组六瓶装小瓶纯水的塑胶外包装,递了一瓶给我。我向她道谢,把水喝了,继续等儿子。我盯着停车场入口,一看到他的车子——他的车子,我倒是一眼就认出来了——我就站起来,拉整了一下衣服,又拨了拨头发,免得自己看起来太狼狈。我朝他挥手,但他没看到我,继续开到更远的车道去。我看到他的车子远离又掉头回来,于是我朝他的方向挥手挥得更大,并踮起脚尖,他终于看到我了。他朝我闪了两次大灯,像在眨眼睛一样,我这才把脚跟放回地面。我的腿有点酸。到了我面前,他伸直又长又细的手臂,替我打开副驾驶座的车门,我在他身旁坐了下来。

"你怎么了,抛锚了吗?怎么刚才都不肯告诉我?"

我请他在稍远处停下来,他在快到加油站前把车靠边停。我要他把车子熄火,我说这说起来得花一点时间。我向他娓娓道来,从头说起,至少是从我所记得的头说起。我说个不停,终于能畅所欲言,感觉真好。我滔滔不绝,描述得巨细靡遗,甚至有一种奇妙的感觉,觉得关于自己遗忘了什么,我好像一丁点都没漏掉。他不发一语,只静静聆听。过了一会儿,他开启车子的故障灯。我前前后后讲了一个钟头。

"很夸张,我居然以为你爸爸叫做麦克斯,还在手机里搜寻麦克斯这个名字!"

"妈妈,可是爸爸的名字确实是麦克斯呀!"

"啊,你这么说,我就放心了,所以我没发疯嘛!又是这个手机在耍……"

"妈妈,爸爸去年夏天过世了。"

2. 谎言

玛德莲
那一天

汤玛斯开车直接送我去医院。我看着他和医师会谈了许久,我则坐在走廊上一张椅背坏掉的椅子上等待。我儿子好几次以手掩面,他闭上双眼,胸膛因吸气而挺起,然后又因吐气而变得有点驼背。我则根本吓坏了。我很怕医生,因为我知道汤玛斯在跟他说些什么:汤玛斯正在把我在车上说过的话再说一遍。他正在把真相告诉医生。

这个真相就是,几个月以来,我常忘掉事情。不像以前那样,不是的,不是之后就会想起来的人名或钥匙那样。不是的,我真的忘掉了。我忘得一干二净,像个无底黑洞一样。我自己一个人在家里,经过厨房,发现有个锅子正在炉子上煮水。必然是我把锅子摆在那里的,但我怎么也想不起当天自己曾经从上面的柜子拿出锅子、把它盛满水,曾经拉开右边的抽屉、抓一把粗盐,再把锅子放到炉子上。我也常忘掉谈话内容,有些事情,显然大家都认为我昨天甚至几个钟头前才说过或做过,他们在我面前聊起,但我简直想发誓,从来没有这回事。我从来没有当着所有家人的面打破过那个盘子,我从来没说过想要去看那部电影,我从来没有把那瓶酒收进浴室里的柜子。然而,确实有呀。所以,我只好自圆其说,我会说"噢,是呀,当然!"或"哎呀,我开玩笑的嘛!"几个月以来,我把待办事项通通记在小本子里。起先,只是记一些我怕忘记的小事,但最近这段时间,我几乎无所不记。我知道这样的行为不太正常。然而,这些迹象,我选择视而不见。我宁可采取拖延战术。我很乐意蒙上眼睛。

医师会见了我,开始询问关于我遗忘和记忆流失的情形:我回答说我这方面没有什么问题,"没有呀,医师,也许偶尔有一两次啦,但也很少,仔细想想,其实几乎没有。"

他和汤玛斯互看了一眼。汤玛斯对我说:"拜托,妈妈……"但我低头不语,他没再坚持。

后来医生想知道,我最近这段日子处理生活上的一些小事情,是否有遇到障碍,我跟他说:"没有呀,医师,一点障碍也没有。"

他再次看了看汤玛斯,这次,换我儿子低头不语了。

过了一会儿,他翻找口袋,用一支像会发光的原子笔的东西检查我的眼睛,他要我在一张普通白纸写下我的姓名和地址。汤玛斯问他接下来会发生什么事,以及还有什么别的可能。医生看了看我,沉默了许久,叹了一口气。我实在不知道该对他这漫长的沉默和叹息作何感想。

然后他回答说,像我的这些症状,有时可能是一些各不相同的身心因素造成的,譬如脑中风,"我最近确实经常偏头痛,噢!这里!对,我觉得应该就是这样的";譬如甲状腺的问题,"说得对极了,医师,我祖母以前也有过这种问题,真的";譬如维他命B12不足,"啊,医师,这真的很有可能,我的B12大概摄取得不够";或许甚至可能是忧郁症,"医师,您这么说很有道理,我先生去年夏天才刚过世,这样非常合情合理呀"。

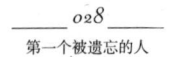

他向我挤出一抹小得不能再小的笑容,比面无表情还更没表情,然后他告诉我,接下来几星期将让我进行各式检查。我跟他说,当然,我愿意接受检查,但依我的看法,甲状腺、忧郁症、B12那些的,应该就已经很够他下诊断了。

于是他站起来,走了三步,送我们出诊疗室,他伸长手臂指向出口。我们握手道别。我的手冒着汗。

汤玛斯
那一天的三年后

从好几个月以前,早在医师诊断之前,甚至一年多以前,劳伯特、茱莉叶和我,就已经知道妈妈的情况不对劲。她经常说话词不达意,有时显得无精打采,仿佛恍神了,有时又易怒且凶巴巴的。她向来喜欢让家里一尘不染,后来家里却出现一些污渍,有时没扫地,家具上面和下面都逐渐累积灰尘。她遗忘事情已是家常便饭,所以有时多忘一点,或有时少忘一点,我们倒也没有大惊小怪。此外,向来那么好笑的她,后来失去了幽默感。最后,我们自己深入长谈之后——但丝毫鼓不起半点勇气,哪怕只是试着和她提起这个话题也没办法——我们的结论是,由于爸爸过世,她正在经历一段忧郁低潮期。我们真是三个不学无术的臭皮匠,自以为有了网络上成千上万的网站和讨论区,就能不靠医生。

也必须说,妈妈呀,也难怪她正经历低潮期,也难怪她不想再说笑,爸爸过世这件事,当然是个原因;尤其是他过世的过程、他是如何当着我们的面消逝,仿佛是在我们怀里过世的一样。譬如我呢,从那之后,再也无法写作,只要我一靠近计算机想打几行字,眼泪马上哗啦哗啦流不停。劳伯特呢,根据嫂嫂告诉我的,他是借酒浇愁,至少,她面露不悦地强调说,他比平常喝得更多了些。至于茱莉叶,我不知道,茱莉叶她反正从来不谈伤心事,所以我猜她大概加倍工作,把自己一天的总工作时数增加到二十八小时,甚至三十小时吧。

如果他的死,对我们三个的打击都这么大了,那么妈妈所受的打击简直难以想象,三十八年的共同生活,其中包括三十七年的婚姻,都还没欢庆六十岁大寿就已经成了寡妇,偶尔忘掉两三个字,也是无可厚非嘛!这正好说明了为什么她说话时越来越少玩文字游戏,越来越少讲冷笑话,越来越常喜怒无常,且偶尔出现奇怪的想法,不是吗?

结果并不是的。是否认的心态,才会让你以为,从你妈妈口中说出一个不存在的字词,譬如"服他维",是她笨拙地为了逗你笑,才发明的新词汇。是鸵鸟心态,才会让你在她浴室发现一把菜刀时，忍不住叹气摇头且嘴角泛起微笑。

是爱和害怕受伤害，让你闭上了眼睛。

三个号称聪明的成年人，自以为只要不去在意，这些不正常的事情就会自己消失不见，对于居然会出现这种荒谬又不负责任的行为，还有另一种解释，那就是神奇念力。某方面来说，算是我们对抗成人世界仅存的一点赤子之心吧。我们每个人都使用神奇念力，我们当中某些人甚至天天用到。一个在等A的扑克牌玩家，会在心里对正要翻起来的纸牌说"一张A，一张A，拜托，一张A"，仿佛他的思绪有办法影响已经握在他手中的纸牌。签乐透的人也是这样，他会对电视机说："来吧，给我一颗二十八号吧！"仿佛那台开奖机听了会想："啊，好吧，既然是电视机前的阿班要求的，那我就来出一颗他要的二十八号吧！"我爸爸向我解释神奇念力这档事的时候，我讪笑不已，我心想,这些人噢,实在是……后来有一天,他因为要出席一场会议,只好看数个小时后的球赛重播,看到他声嘶力竭地替自己所支持的橄榄球队加油,我忍不住对他说:"爸爸,你这样替他们加油很蠢耶,比赛早就结束啦!"我话音一落地,立刻就发现了自己的荒谬:我确实认为加油可以帮助球队赢球,前提是必须现场实时加油。神奇念力这种事呀,原来我也是相信的。我也是这些人中的一个。

我们都是些好好的普通人,劳伯特、茱莉叶和我,我们以为只要不翻开妈妈的病这张牌,就能达到保护她的效果。

大错特错。

3. 结果

玛德莲
那一天的六个月后

短短几个星期已足以排除脑中风、维他命B12、甲状腺和忧郁症等那些假设。不过忧郁症呢,我的确是有的,但它并不是我生的病,而只是其中一个症状而已。

我做了一大堆书写和视觉方面的检查,他们甚至还要我解习题,就像以前上学时那样。有好几排单词的一些奇怪考试。

然后终于,诊断结果出炉。

阿兹海默症。

当然,这我从一开始就知道了,但我说什么也不肯赋予这个病一个名字。我甚至光是连"病症"这个词都不愿去想。但就这样了,事实摆在眼前。

阿兹海默症。

是依发现这病的人,或发明这病的人,或描述了这病的人而命名的,我不知道怎么讲才对。医院发给我们几张倡导折页,孩子先拿去读了,读完后他们试图掩饰看了令人害怕的惊慌和难过,折页上面说,了不起的阿洛伊斯·阿兹海默医师发现,如果罹患了这种尚无药可治的神经衰退病症,脑皮质会逐渐萎缩,最先受影响的是内额叶,其次是海马回,两者都是掌管记忆的重要区域。在一个小框框里,一段斜体字写道,如果罹患了阿兹海默症,脑部细胞会开始衰退并死亡。简化成这样,至少医师解释起来并不复杂,病人理解起来也并不困难。

为求简单扼要,甚至可以把全文浓缩成四个字:脑袋萎缩。然后,这样病了一阵子以后,人就死了。

阿兹海,默默死掉了。

呵呵,这个还蛮好笑的。我忍不住想,像我这么喜欢玩文字游戏和说冷笑话,这会不会是我的最后一个笑话。一定会很好笑,或很可悲,见仁见智吧。

我的目光不禁被这份折页上的一组图片所吸引,一边是一个正常脑部的剖面,一边则是罹患阿兹海默症的脑部。我忍不住莞尔,因为生病的脑袋又瘪又皱,很像一颗万圣节南瓜。仿佛它在扮鬼脸一样。

我也觉得，一个人被取名叫阿洛伊斯·阿兹海默真是奇怪。如果我小的时候，班上有同学叫做阿洛伊斯·阿兹海默，我一定会故意闹他，喊他作"阿阿"。再说，他大概真的很希望别人感激他，才会愿意拿自己的名字替这么糟糕的东西命名。真是一种很奇怪的流名后世的方式。

怪怪的喔，这家伙。

我知道自己生病了，也明白了这个病的原理。我想，得知生病的消息时，我应该蛮镇定且蛮勇敢的。

再听后续的解说就比较困难一点，因为某方面来说，这要怪我：我太自欺欺人，拖延了太久，结果跳过了前期和早期，直接被诊断为所谓的中期。因为以阿兹海默症的语言来说，"中"和字典里的意思完全不同，"中"不是中庸或中等的意思，而是严重的意思，是晚期的前一期，晚期又叫作末期。这一期至少字面上语意清楚多了。

就是这样了,我正处在末期的前一期。已经来到失智的开端了。我也去查了字典:失智,确实与发疯是相同的意思。

汤玛斯
那一天的三年又六个月后

正式确诊为阿兹海默症之后,我脑海里浮现的第一句话,再普通不过了:一切再也和以前不一样了。

以前。

以前妈妈还认得我。因为最糟的不是她认不得我,真正的悲剧,是她根本不知道我是谁了。

以前。

以前一切都好。才不过五年前,我大概是全世界最幸福的人之一。我三十年来平步青云,而且不是随便哪一朵青云,而是福星高照且照得很亮的那一朵。对,真的,我不是因为如今乌云罩顶了,开始怀念从前了,才回过头来说当年有多好,不是的,我当时就很清楚地知道自己有多么快乐、幸运、顺遂到顶了。我有一对堪称典范的父亲和母亲,一直以来都无懈可击;我有一个哥哥和一个妹妹,他们当然有他们的缺点,但他们真的也很棒,而且重点是,我的女友漂亮、有趣、体贴、善解人意,且床上功夫一流。除此之外,我的写作生涯三年来算混得不错,作品陆续出版中——这意味着我已经一千多个日子不用上班,完全就是我人生的美梦成真——我有很多朋友,很开心,常一起吃大餐,也有我自己一个人的时候,但那是因为我想要独处。人生如此,夫复何求?没有,老实说,没什么好求的了。这就是完美人生。

　　然后有一天,人家把你一条腿砍了:你父亲死了。一年半后,人家告诉你,你的另一条腿坏死了,没救了;再过不久也得把它砍了。

短短十八个月之间,你在人生中的漫步忽然喊卡。没办法再前进了,可是才不久以前,你还能看到前方那边所有一切的可能。而且这条路走起来感觉挺好的。

这条路呢,有一部分算是我父亲替我铺好的。当然,我对此浑然不觉,他不说人生大道理,不会动不动就发表长篇大论。没有,他只以身作则而已。直接去爱,别啰里吧唆;将心比心,别批判太多;常相聚首,多多分享和欢笑,别太计较。

如果你从小就经常这样耳濡目染,那么可说根基已经扎好了,前途一片光明。我也知道,很多人会说,只要和父亲感情好,只要一路顺遂,那么父亲当然很棒,这样很正常呀。但我呢,我有证人。这并不是一种盲目,就像所有做父母的都有一种天生的本能，会觉得自己的宝宝是全世上最可爱的宝宝，哪怕这个小家伙某些地方皱皱的、某些地方肿肿的也一样。不是的，我父亲真的很特别，有点像所有婴儿的父母总会站在同一个襁褓前说"啊，这个真的是最可爱的，他是独一无二的"那样。下葬的那一天，有很多人来跟我握手，跟我说我父亲改变了他们的一生，说他是无可取代的。我不知该说些什么，他当然改变了我的一生，他当然是无可取代的。

仪式过程中，在这混乱的一天，他有一位朋友说了唯一一句有道理的话：如今不是一个人过世了，而是一栋大楼倒了。他说得很贴切：我父亲是一栋大楼，我们好多人都住在里面。所以他的心脏停止跳动后，我们流落街头，把我们的爱像包包一样背在背上。再也没有人够宽厚伟大，能和我们分享这份爱；于是我们知道，他的逝去将永远像重担一样压在我们肩上。

我父亲是在我生日那天下葬的:有些人认为这是一种征兆,是他最后一次向我致意,好告诉我他有多爱我、对我的书和我正起步且前途看好的写作生涯多么引以为傲;很多人不论什么蛛丝马迹都可以看成征兆,"世上没有巧合啦"。可是我呢,从来就不知该对此作何感想。

幸好这些人没看到其余的事,因为不然的话,那些征兆呀、那些"世上没有巧合啦",可有得他们看了。它们通通收录在我的第一本小说里,也是我父亲最喜爱的一本。

那些征兆从来没有人发现过,譬如我父亲是六十岁过世,小说的主角同样也是六十岁过世。而且重点是,我身边没有任何人注意到,在这本小说里,主角的父亲是在他儿子生日当天过世的。

对此,我也不知该作何感想,顶多就是庆幸自己不太迷信,这样也少了些理由去增加一些不必要的失眠。说到迷信,我觉得有趣的是,身边所有那些在我父亲过世时认为处处有征兆的人,在我想不通为何自己会成为妈妈第一个遗忘的人时,居然也是他们劈头就说:"这只是巧合,她生病了嘛,别把这当成征兆或什么的呀!"征兆这档事,真希望能有人跟我好好解释解释……原理是什么,是可以自己选吗? 只要顺我们的意,就是征兆,不顺我们的意,就什么也不是,只是倒霉而已?

因为此时此刻,要是有人解释给我听,能向我证明征兆真实存在且具有神奇力量,那么我一定会拿出我最漂亮的笔写一本书,书中我妈妈一点病也没有,辞世时非常安详,是在很高寿时的睡梦中过世的,也别太高寿了,譬如九十一岁之类的。我也会特别仔细挑选她辞世和葬礼的日子,会是一个在家族中不具任何意义的日期,譬如我就挺喜欢二月二十九日这个日子。我们家族里没有人是二月二十九日出生。而且这么一来,只需要四年难过一次就好了。

可是没有任何人向我解释过什么,我不得不面对现实:尽管从统计学的角度,妈妈确实有微乎其微的概率在二月二十九日这天辞世,但至于年龄就实在没辙了。因为以妈妈的病情来看,她只能再撑个几年,也许再四五年吧。"希望",医师曾这么说。希望什么?希望出现征兆?

那本该死的书呀,或许我真该把它写出来。

玛德莲
那一天的六个月后

我今年六十岁,我即将发疯。发疯是无可避免的:我得学会接受它。六十岁还很年轻呀,如今大家都这么说。尤其是,以我的例子,我满六十岁的时候——女人并不会庆祝自己六十岁了,就只是满六十岁了而已——大家都告诉我"噢,哪有,你看起来顶多只有五十五或五十六岁吧!"所以,身为一个看起来像五十五岁,或顶多五十六岁的女人,教我如何能接受这折磨着我的失智症?

从那时起,一种奇怪的流程便自动登场了:有好几个星期,我的每一个思绪,或所有的一举一动,都变得疑神疑鬼的。心头不间断地浮现许许多多疑问:"我已经腌过肉了,可是我还想再加一点盐,这是不是因为我疯了,我今后会不会随时随地到处撒盐?"或者是"为什么我要搔耳朵,这已经是今天第三次了吧?疯子都会有这种怪癖,老是重复相同的动作,这下子我真的疯了!"又或是"我眼前所看到的,是真的吗,还是只是因为我发疯了?我儿子真的正在和我说话吗,还是这是幻觉,就像疯子会有的那种假想朋友?"过了一阵子,我心想,会把我逼疯的其实是这些永无止境的怀疑。

于是,我不再监控自己,我决定要尽量放轻松,好好享受现有的相对正常,并且相信如果要发疯,以后多的是时间。

那个狡猾的家伙,并没有拖多久就来了:起先,我甚至没发现它已经现身。

汤玛斯
那一天的三年又六个月后

停车场的该死的那一天,妈妈后来其实很快就想起爸爸已经过世,傍晚,她甚至还没到医院就想起了她车子的款式和颜色。这让人放心不少。

接下来三年当中,安排某一天或某一周的活动,即使是像算账、做饭、缴账单这类的简单小事,她都明显越来越有困难;聊天时,她越来越常恍神,有时会忽然冒出几句奇怪的话或几个听不懂的字。显然,她忘掉了很多很多事情,或通通混在一起。然而,在这我所谓的"第一阶段"期间,我觉得她其实表现得挺不错的,或至少,她的状况没有我想象中的差。

六个月前,"第二阶段"开始时,也就是她把我遗忘了的那一天,我的人生当然发生了难以想象的骤变。但最令我错愕的,是她的生活倒是一点都没变。弹指之间,我从她的脑袋、从她的生活、从她的心中消失了,但除此之外,其他并没有什么太大改变。当然,当时我立刻打电话给她的医师,请求做检查;他显得不太自在,试图尽量清楚地告诉我,的确,并没有迹象显示她的状况出现严重恶化,还说这一切请容我引用他的属于"病情的正常发展"。最好是啦,她把我忘掉了,偏偏忘掉我,可是除此之外,一切正常,一切照旧,她还记得一大堆事情和一大堆人,她甚至认得隔壁酒鬼邻居家养的狗,还叫得出它的名字飞飞!我母亲把我忘了,我从她的人生中被抹去了,可是她居然完全记得小狗飞飞!然后竟然还有人敢告诉我说这样并没有任何异常?说这样很正常?

有几次,正确来说是三次,她曾当着我的面谈起我。或应该说是她提到我的名字,因为我一直无法确定她到底是真的在谈我,还是在谈别的和我同名的人。我每次都鼓励她、询问她,但没办法,来得快,去得也快。顿时之间,我不禁纳闷她把我遗忘的这几个月以来,她对于我天天陪着她究竟作何感想,我问她我是谁,问她是否认得我;她回答说认得,她认得我,我有时是"那个和善的年轻人",有时是"那位护士"。我是她日常生活的一部分,如此而已。

我完完全全成了一个外人。一个,因为我是独一无二的,永远陪在她左右,而外人,因为我不存在。这是个彻彻底底的矛盾,却是她每天最理所当然的生活。

当然,这个情况令我高兴不起来,我愿意付出一切好让她想起我,但能够陪在她身边和帮助她,这一切对我也有好处。如果不能再看到她,那等于我压根不存在了。再说,我原本以为情况会更糟得多,以为病情会很严重,结果到后来,发现情况确实还算正常,甚至可接受,我便偶尔还能不去想我母亲罹患了不治之症。总之,我勉强过日子,甚至允许自己偶尔缺席一下,去参加了三场好心邀请我的书展活动。重温过去的作家生活,让我得以喘口气。

是从某次书展回来,也是我成为第一个被遗忘的人的将近六个月后,事情才开始变得严重。是真正的生病,是烦恼的开始,是绝望的初兆。

简单来说,就是最鸟的鸟事出现了。

当时是个周日晚上,我的火车奇迹似的准时返抵家门,我把行李整理好,好好冲了个澡;我正吃到最后一块冷冻披萨时,茱莉叶在我口袋里震动了:"你在哪里?"这个呀,完全就是茱莉叶的风格,急性子且有条不紊,她很清楚我的火车几点到站,她等待了一段她认为合理的时间,但由于到了她预期的那个时间,依然不见我出现在妈妈家——这要怪比萨,把烤箱预热总是需要老半天——她便开始紧张了。必须说,茱莉叶很少这么长时间远离她的孩子们、她的档案,以及各式琐事;她向来总是忙得停不下来,在妈妈家待上两个整天,对她而言应该感觉特别漫长且困难。我赶紧把比萨吃完,不到二十分钟后,我便已拥抱抱着手臂站在大门口等我的妹妹。

"一切还顺利吗?"

"算是吧,我们几乎没做什么,她也没什么动力就是了……你觉得真的有必要让我从早到晚陪着她吗?她几乎不跟我说话,我觉得自己好像派不上用场。"

"这很难说……"

"我是为了你才留下来陪她,但除了吃饭和吃药以外,她并不需要我。我其实可以偶尔来几个钟头,看看是否一切都好就行了,你不觉得吗?汤玛斯,我觉得她目前仍能够自己生活……只要替她先把饭做好、把瓦斯切掉,再把几样危险的东西藏起来,以防万一,这样就好啦!但是她还没到重度阶段,这一点你和我一样清楚!而且,你呀,该不会随时都在这里吧,有吗?"

"……"

"真的吗?随时都在?"

"没有过夜。"

"可是除了过夜呢,你每天都来?每天白天都陪在这里?"

"对。但你也知道,写作的话,在这里或在我家也没差……"

"你在这里有办法写作?"

"呃,没有,暂时没写什么……"

"我也是这么想。"

"可是自从爸爸的事以后,我一直没什么灵感,你也知道的……"

"我知道,可是我认为,你待在这里并不会比较好。总之,我觉得妈妈不需要随时有人看着,不过呢……她真的什么都忘了,对不对?至少我自己这么觉得啦,你觉得呢?"

"什么叫做什么都忘了?"

"以前的东西,以前的事情,这些呢,都没问题,算是啦,她有时候会分不清某些名字或人,但她记得很多事情……我比较担心的是,她会不记得自己刚刚才做的事。譬如你问她今天做了什么,或这几个星期做了什么,她常只记得两三件事,想半天,什么也答不出来,然后就转移话题,或说她累了,然后……"

茱莉叶被妈妈的声音打断,妈妈从客厅那头喊:"是谁在那里呀?"

"是我,汤玛斯!"

"哪个汤玛斯?"

我妹妹皱了一下眉头,我回答说:"就是照顾你的那个护士啦!"

茱莉叶朝我胸口轻轻打了一下,因为她很不喜欢我和妈妈这么说:对她而言,不论如何,我都必须再三告诉妈妈我是她儿子,就算妈妈听不懂也一样。我耸了耸肩,之前她无数次这么告诫我时,我也都是这样,她一面低声对我说:"真不知道你怎么受得了……"一面把我拥入怀里安慰一下,几乎算是加油打气。这让我感觉颇好,然后我去客厅找妈妈。她坐在小沙发上,这以前是爸爸的沙发,摆放正对着电视;她的双腿伸长放在茶几上的一个小抱枕上,她穿着一件浴袍和一双大袜子:这是我第一次觉得我母亲老了。她看到我时,给了我一个灿烂的笑容,感觉她好像认出我了。她对我说:"啊,是你呀!我好想你哦!"

她朝我伸长手臂,我的心顿时激昂起来:从她的眼神中,我清楚看得出她认得我。她很高兴我来陪她,我感到自己眼眶湿了,可是忽然间,她停顿不动,仿佛麻痹了一般,眼神直直盯着我背后。我转过头来:只不过是茱莉叶而已,她刚披上了外套,正在调整包包的背带长度;她朝妈妈过来,准备和妈妈拥抱道别。

"好了,我该走啦,妈妈,换汤玛斯陪你啰!亲一个!怎么了,你不亲我一下吗?"

"还敢要我亲你,你这个贱人!喏,亲这个吧!"

言谈之粗鲁,把我们吓了一大跳,茱莉叶更是愣住了,完全没看到我们的母亲挥起手捆了她好大一耳光。妈妈的手打在我妹妹脸颊上,清脆的声音在空中回荡许久,茱莉叶一面后退,一面踢到茶几。有整整一秒钟的沉默,一段宛如真空的时间,然后妈妈的声音又吼了:"还嫌不够吗,贱人?还要我再赏你几巴掌吗?"

妈妈举起了手,但这次我介入了,阻止了她。茱莉叶目瞪口呆向后退,妈妈则继续破口大骂。

"贱货,混蛋!"

"妈妈,拜托!你冷静一下呀!"

"王八蛋,混账!"

"玛德莲!"

我喊了她的名字,喊得很大声。她吓了一跳,看了我一眼,我从来没见过她露出这种眼神。她轻轻地说:"可是……你为什么……"

她没把话说完,很快起身,以一种奇怪的姿态,仿佛很狼狈似的,以小步伐奔向走廊。我们听到她甩上房门,然后,没有声音了。我在沙发上坐了下来,茱莉叶泪眼婆娑,一手摸着脸颊,来靠在我身旁:"发生了什么事?我做错了什么?"

"什么也没做错……"

"她整个周末都好好的呀,我也没对她怎样……"

"茱莉叶,这不是你的错。"

她放下包包和外套,倚靠我的肩膀哭泣了许久。

她离去后,我自己一个人窝在沙发上睡觉。窝着睡觉,说是这么说啦,其实根本没合眼,我忍不住想,怎么可能会发生这种事,我亲眼看到且不断回想我母亲的眼神,当下那一刻,她的眼睛是陌生人的眼睛,无比陌生。我想到茱莉叶,她从小就是模范女孩,长大直接变成模范女人,从来不曾被我们父母责备过,所以一个耳光,对她而言是想都没想过的事。我猜她应该也无法成眠,我试着想象那个耳光和那一番话伤她伤得有多重。于是我忍不住哭了,为了一切曾想象过但将不会发生的未来而哭,也为一切无法想象但迟早要发生的未来而哭。夜里,我起来过三四次,或许五次吧,我去把耳朵贴在妈妈的房门上,说不定会听到她也在哭泣?但没有,一点动静也没有。

隔天早上,她起了个大早,这段插曲早就忘得一干二净。我问她周末和茱莉叶相处得如何,她说:"很好,茱莉叶对我好好哦!"然后就聊别的事了。显然,她又记得自己的女儿了。我的心先是揪痛了一下,因为我没有这么幸运,没能再度回到妈妈的思绪里,但我很快就把这种想法抛到脑后,而开始感到害怕。其实是心痛多过害怕,因为就算不是医生,也看得出妈妈昨天是失智发作了,这是她的第一次。而这只是个开端而已,以后的路还很漫长呢。

茱莉叶告诉我,那一巴掌到今天还在痛。

当然,我能感同身受,但要是她知道我现在每天过着什么样的日子……

事情发生得好快好快……

4. 日常生活

玛德莲
那一天的一年后

我是否要发疯了?我经常不知道今天是几号,或现在是几点。我阅读完后,下一秒立刻忘记读到了什么。我指的还不是阅读一本书,那根本想都甭想了,我指的只不过是电视节目周刊而已。我在看第一台将要播映什么,才刚把周刊放下,我就忘掉了。于是,我把周刊又拿起来,但我忘了今天是几号。所以我集中心神,努力回想,但我连自己到底忘记了什么都想不起来,这一切令我心烦气躁,于是我大吼大叫,把这该死的周刊撕烂丢掉。等冷静下来,我难过哭泣。

我觉得自己好些了的时候,经常忍不住去读其他病人的心情分享或医疗报导,想让自己先有个心理准备。那很可怕,但我实在克制不了自己,就像有些人会把车速放慢,想看看事故现场,看看躺在地上、盖了白布的机车骑士;我呢,也放慢了速度,也想看看,只不过白布下面的机车骑士呢,就是我自己。我对于自己有一种病态的好奇,这真是可怕。我知道自己将来会怎样,我知道得一清二楚。当然,有很多种可能的形式——没有谁的阿兹海默症和别人的一模一样,这是这种病的一大特色——但大致上,我都知道。

重点是,有一点是确定的,就是我的脑袋会渐渐清空。这才是叫人最难接受的。得了阿兹海默症以后,我的记忆将慢慢变成寄居蟹:将来有一天,等它受够了这个头壳,它将彻底离开,丢下我无意识的躯体泡在水里。

这就是最可怕的事:我知道自己将成一具空壳。

只要一想到这些事情,其实天天都会想到,我就会试着想想别的事,让自己转换一下心情,也顺便让这颗该死的脑袋活动活动。不晓得哪天我的记忆丢下我时,是否真的会像寄居蟹那样,去找另一个更大、更适合、更舒服的空壳。有时候我会想,所谓的疯子,其实是些空壳里装了好几个像我这种的记忆,好几只寄居蟹在他们脑袋里打架,所以疯子当然疯疯癫癫的。以后我的记忆彻底抛下我的那一天,说不定它会跑去精神急诊室,跑去某个男人的脑袋里,这个人会说自己叫做玛德莲,说自己有三个可爱的孩子……别人会替他打一针,然后他和我将在大医院里,和其他太过拥挤的空壳一起,彼此试着和平相处。

然后,谁知道?假如他长得帅,说不定在他的脑袋里,我们可以来一场黄昏之恋也不一定……

汤玛斯

那一天的四年后

我决定今天起搬进妈妈家住。坦白说,我没得选择,前两天,小时候偶尔照顾过我们的老邻居玛希太太告诉我,真的,妈妈的情况很不好。她越来越常大声吼叫,尤其是夜里,她会摔东西,把一些玻璃瓶或其他东西往窗外扔,虽然这一带的人都认识妈妈,且蛮喜欢她的,但已经开始出现闲言闲语,有人说要叫警察或消防队来,好让她安静一点,或把她带走一阵子看看。失智发作越来越频繁,她经常对我破口大骂,有时会发脾气,然后又平静下来,几乎恢复正常。但显然入夜后的情况更糟。因此我想需要有人看着她,而除了我,还能是谁呢?

我和劳伯特谈过这件事——妈妈一个月前曾骂他"没种",上星期另一次发作时则骂他"孬种":我实在不明白她对我哥哥有什么不满——也和茱莉叶谈过,他们认同妈妈需要有人看着。不过呢,他们认为,或至少茱莉叶认为,这件事不该由我来做,他们认为他们有能力花钱请人来,他们认为我已经每天白天陪着她,这样够辛苦了,所以晚上呢,应该请看护来。请人来看着我们的妈妈?请一个对她完全不了解,而我们也完全不了解的外人来?他搞不好会偷她的东西或虐待她,近来一天到晚听说这种案例呀!不行,不行,这件事该由我来。而且至少,这样也比较方便,我每天为了洗澡和睡觉,都必须往返我家,实在太麻烦了,如果搬来这里,至少生活能比较稳定一点。

当然,得想一套说辞骗一骗妈妈。茱莉叶对我的说法根本不买账,结果是劳伯特帮忙想办法:"那个护士"现在变成全职的了,从现在起搬来家里住,这样更能好好照顾她。她大概已经很习惯天天看到我,听了并没有什么特别反应。我真纳闷她脑袋里是怎么想的:有个男的天天出现、喊她"妈妈",现在还大剌剌搬进她家来,可是她毫无讶异之意。仿佛她并不觉得这是个问题;仿佛她已不再有任何问题。

劳伯特把我们准备的说词讲了一遍后,便帮我搬家,东西不多,主要是衣服和我的大电视。顿时之间,我发现我的住处大小适中,但家里没什么东西,尤其因为艾玛搬走的时候,一并带走了她住在这里时买过的无数小家电,"很正常呀,既然你不肯让我分摊房租,我就负责买设备,除了你的微波炉,这里没有任何你的东西!"艾玛呀,说话总是有点夸张;最起码,我有一台电视,然后应该还有一些别的什么吧。

回到自己以前的房间,感觉颇怪。我在父母家待到相当晚,一直待到二十七岁左右吧。我大可早一些离开,但我在那里住得很舒服,并不急着一个人生活,茱莉叶比我更早就离巢了。

我把电视机放在床前方的矮柜上,但愿柜子能承受得住它的重量才好。我把衣服一一挂到大衣柜里的衣架上,要挂很久,而且把衣服挂到衣架这件事,很快就变得很烦,尤其是衬衫,至少得把最上面的扣子扣上,还有就是你妈妈不断在你背后碎碎念说:"我女儿告诉我,您跟您女朋友分手了?她叫安娜,是吗?她背着您偷吃对不对,又是个水性杨花的贱女人,又来了!"然后我还得回答她,已经分手一阵子了,而且她叫艾玛,不叫安娜,安娜是我们的表姐,且据我们所知,她并不是个水性杨花的贱女人。其实,艾玛也不是。艾玛呢,我并未把她当成女朋友,而是把她视为我的准妻子。她离去时,也带走了我一部分的灵感,就像爸爸一样;自从他们不在以后,我就空掉了,我再也没有什么好说、没有什么好谈、没有什么好创作的。然而,如果回到三年前,我会觉得自己构想太多了,多到几乎得做出抉择,得牺牲掉某些书,因为我深深知道自己没有那么多时间把它们通通写出来呀!这些写作构想,我依然清楚记得,但如今,它们已了无意义。在我眼中,那些故事已不值得写,我拿它们没辙了。说到底,我不知道灵感这种东西是否真的存在:也许只有想要或不想要而已。

等一切安顿好,结果其实没有多少东西,劳伯特先回去了,我则躺在自己的床上,有点想试试看床垫是否仍堪用。我的床,我的房间。到了我这个年纪,说我的房间感觉很奇怪,因为家里其他的空间并不属于我。这样自己好像变回小孩子,虽然我的房间早已不像小孩子的房间了。房间内的布置将近十年没变动过,妈妈摆了一些她自己的小玩意儿,窗帘颜色比以前的鲜艳;黑白格子的床罩则好像仍是以前的。

我躺了几分钟,然后才去客厅陪妈妈。我想要独处,也说不上来为什么,大概是一种怀旧的心情,想要回到十年前,回到曾在这个房间里有过的快乐时光吧。当年,朋友们经常跟我说:"喂,汤玛斯,你和大家一样有一份工作了,那就和大家一样,自己租个房子呀!干吗还赖在爸妈家里呢?"以前,我不知道该如何回答这个问题。现在,我知道了。我在把握和父母相处的时光,我在享受他们的关爱,而且我是对的,太对太对了。我累积了许多回忆,如果不是这样,我不可能拥有这些回忆,事后也无从弥补。关于光阴似箭和岁月如梭,想必可列出成千上万的名言:诗人写过千古传颂的词句,哲学家发表过铿锵有力的论述,歌手将这一切谱成脍炙人口的旋律;但关于时间,并没有什么好说的,因为时间不存在。时间,只是几个物理学家发明的一种计算项目;对我们所有其他人来说,没有所谓的时间,只有逐步逼近的死亡。所以,在死亡到来之前,要尽量累积回忆,回忆就是我们无人能夺走的宝物。

我呢,和我父母一起相处了这么些年,累积了许多美好回忆,我在这方面非常富有。可是妈妈呢,她的回忆,依然被偷走了。我母亲被阿兹海默抢了。那个王八蛋。

我躺在自己的床上,回忆着这一切,但从今以后,我完全不知将来会遇上什么。

玛德莲
那一天的一年又六个月后

好了,我疯了,我已经发疯了。我原本觉得一切正常,忽然间,我发现我房间变得乱七八糟,我老公以前的西装和领带通通摊在地上和床上;还有些时候,我发现我家厨房里到处都是已经在地下室堆了好多年的东西,譬如茱莉叶那辆有小辅助轮的粉红色脚踏车,居然搁在桌子上,洗碗槽里也堆了好几本旧百科……我知道这一定是我弄的,家里只有我,大门是锁上的,我随时都会去检查,但我敢发誓,这不是我弄的。

前两天晚上,一位邻居来按门铃,问我是否一切都好。我告诉他"很好",他说他听到喊叫声,觉得不太放心,还说他太太坚持要他来看看我,像我这样可怜的老太太自己一个人住,大半夜的,这年头呀,凡事都很难说……喊叫的人是我,这是一定的,因为只有我住在这里。可是那不是我。

我把所有东西搬来搬去,我鬼吼鬼叫,但那不是我。我什么都不记得,而且呀,我从来就没有把那些西装和领带拿出来过,我从来没有对任何人大声吼过,自己一个人就更不可能了,所以,我疯了。

假如只是这样,偶尔疯癫一下倒也还无所谓,但事情不只如此。

最让我心痛的,是我在孩子们眼神中所看到的。有不舍,有恐惧,有悲伤,偶尔还有同情:这些都是爱的一种形式,但何其苦涩。

我一文不值了,一点用处也没有了。我今年六十一岁,至少我记得的是这样啦,而毫无未来可言。我的时间将一点一滴被疯狂所蚕食，再过不久，我将一天发疯一小时，说不定我早就是这样了，然后会是两小时，再来是一半的时间……最后我终将彻底疯掉。时时刻刻都发疯。我将成为负担，成为孩子们的负担，我可怜的三个宝贝孩子呀，我将成为社会的负担，成为不知哪间医院或哪间收容我这种白痴的机构的负担，自己什么也做不来，连吃饭或擦屁股都不会。这就是不久以后将会发生的事，将会有个我不认识的人，被聘请来替我擦屁股，而到时候的我已成了一个愚蠢又空洞的东西。

这就是我的未来吗？这就是我出生的目的？我生来这个地球上，就是为了这样的下场？可是为什么？用意何在？还不如早点死掉，一了百了。

我经常有轻生的念头，但我不能对孩子们做出这种事，那样他们太可怜了；不然的话，他们将被迫接受我漫长的煎熬,所以我也不知道到底哪样比较好。不如,趁我睡觉的时候,来个心脏病吧,再过几个星期好了,趁我大多时候还神智清楚。这样他们就有一个真正的母亲可以怀念,她也许晚年出了点状况,但她好爱好爱他们……

要是他们知道我有多爱他们就好了。一个做母亲的,哪有办法让孩子明白自己有多么爱他们? 不治之症唯一的好处,就是让人不用再伪装,不用再过着自己好像永远不会死的生活。一旦知道了自己正在死亡,就能面对现实。现在呢,我知道了,我面对了,可是叫我睁大了眼睛要做什么呢? 这样有助于我说出什么吗? 不晓得,也许我可以各写一封信给他们,给他们在我离开的那一天读,写一封长信,把身为母亲该告诉孩子的通通告诉他们,留给他们一个可以永远收藏的告别,趁我现在还能做这件事,也许该来写一下? 因为我知道,再过不久,就会太迟了。再过不久,有些事我再也无法告诉他们,因为它们将不复存在。

对,或许我就要这么做,给每个孩子写一封信,等我死了以后,他们会知道我并没有遗忘他们。而且,趁现在还可以,我要去买乐透彩,因为除了这栋房子,我没有什么可以留给他们;一栋房子如果要给三个人分,通常会被卖掉。我并不希望有陌生人住进这栋房子,这是麦克斯和我的,我们的家,我们在这里白手起家、打造了一切,我希望它继续传承下去,所以如果我中了乐透彩,就能再买两栋房子。我在遗嘱里,要把这栋留给汤玛斯:这里仍有他的房间,所以他一定会留着这房子。

汤玛斯
那一天的四年又六个月后

妈妈开始游荡,没来由地走来走去。如今,几乎每天夜里都会这样。她白天不时小睡一觉,偶尔打个盹儿,但到了夜里,我也不知道怎么回事,她好像被催眠了似的。常常,我在房间或客厅里,等待这些年来越来越少出现的睡意降临,然后就会听到她房间的门把转了,门开了。那门把呀,我有把它调得松一些,这样妈妈开门时会比较大声,我便能听得比较清楚,比较来得及反应;每次我去看她,她要么在走廊上,要么在浴室里,要么在任何地方:她很随意地,在整个家里漫无目的地到处逛来逛去。我尝试和她交谈,问她在这里做什么,她的回答通常可分为四大类:要么她不吭声,要么她说她不困而想要起来,要么她答非所问或语焉不详,要么她对我破口大骂。当然,也有别种可能,就是她除了骂我还可能动手打我。也有不同的组合,譬如她说她不困而想要起来,并且骂我又打我,或者她答非所问或语焉不详,并且骂我又打我,还有些时候,她先骂我,说她不困而想要起来,再以打我作收尾。

这便是她每天夜里游荡的情形。

玛德莲
那一天的一年又六个月后

某个星期天,趁他们三个都在,等他们用汤匙把碗底的最后一滴枫糖浆刮干净后,我审慎斟酌用词,询问孩子们是否愿意考虑看看,让我在大限前先行安乐死的可能性,这种事在瑞士或比利时这些国家好像是存在的。我知道他们可能会出现不同反应,但仍暗自期盼他们能一致支持我:我立刻发现,他们完全不愿谈论这件事。尤其是茱莉叶,她非常激动,说我怎么会去想那种事情,不可以去想那种事情,再说,如今科学越来越进步,假如好比说三年后,发现了能让神经修复的方法,而我却在六个月前"把自己安乐死了",那不是很蠢吗,而他们竟让我去做了这种傻事,一定也会感到很难过、很有罪恶感。我沉默不语,转向劳伯特,想听听他怎么说:他比较认同茱莉叶的看法——劳伯特是老大,但他每次都认同茱莉叶的看法。我以眼神询问汤玛斯:他思索了一会儿,然后说能理解我产生的这种疑虑,说这是人之常情,于是茱莉叶拉高了音量,就像她每次激动时那样,她对汤玛斯说不该去想那种事情,再说,随着科学的进步,他们会想出修复神经的办法,结果汤玛斯打断她的话,说这句话她十秒钟以前就说过了,说她相同的话不用重复一直说,我感觉到汤玛斯也激动了起来,我很了解他,汤玛斯只要一激动,声音就会变得低沉,他生起气来是很闷、很内敛的。我请大家冷静一点,他们并没有冷静下来,茱莉叶要劳伯特评评理,于是劳伯特说"茱莉叶,你说得对",

汤玛斯故意学鹦鹉的声音重复了一遍"茱莉叶,你说得对",劳伯特也生气了,因为汤玛斯小时候就曾这样学鹦鹉嘲笑他,到了现在这个年纪,他应该会觉得丢脸吧。于是,我说我感觉不太舒服、有点头晕,结果大家瞬间冷静下来,茱莉叶去倒了杯水,两个男生则扶我到沙发躺下,并拿抱枕垫在我脖子和脚下。

有时候,阿兹海默症还挺方便的:没人想得到你居然还够聪明,还能装病,还能用这种方法让宝贝孩子们别再争吵。

我暂时尚未发现别的好处。

汤玛斯
那一天的四年又六个月后

这天夜里,我又听到门把转动的声音,但这次,我决定不要介入,不要试着和她交谈或把她带回她房间。我很好奇她会做些什么,我也实在不想再被她打了。

我在一片漆黑的家里,跟着她缓缓走来走去:她穿越了走廊,走得很慢,简直像慢动作;她微笑着。到了门口一带,她拿起矗立在大门旁的大花瓶里的雨伞,对它特别关注,这把雨伞似乎令她着迷。她拖着雨伞,又继续走,来到厨房;到了厨房,她开了灯,站在灯光下,闭上双眼,脸上浮现笑容。这样持续了几分钟,当中她几乎一动也不动,但平常她很难在原地待着不动;然后她几乎不着痕迹地转向她的雨伞,喃喃说:"你看,玛妮,我没骗你吧?"

接着,她把头抬向那盏灯,但这次她直视灯泡:为了怕她弄伤眼睛,这次我决定介入,我没走进厨房,以免惊吓到她,而从远处轻声对她说:"妈妈,你要把眼睛弄伤了,别这样盯着灯看。"

"别烦我!"

"好,可是你得答应跟我一起去客厅。你要不要看一下电视?"

"哎。"

她口中的这个"哎",意思通常是"也好",也就是几乎是个"好",她已经越来越少说"好"了。我一手扶着她的手,一手扶着她的背,不是为了推她,而是给她力量帮助她往前走,我们一起在电视前坐下来,我第两百次播放她最喜欢的电影。我把她双腿放到茶几上。她对我说:"您人真好,真是个好孩子。"

"谢谢……"

"您哭了?为什么要哭?"

"没什么,妈妈,没什么。"

"一定是为了女生。像您这样的年轻人,掉眼泪都是为了女生呀!"

"嗯,算是吧。姑且说,我是为了一个女人而哭。"

"她不爱您吗?"

"爱,我相信她爱我胜过一切,但她想不起来了。她不记得了。"

"哎,您以后就会把她忘了……"

"忘记她? 不会,不可能……"

"您怎么还在哭?"

我现在一天到晚哭。我竟然也渐渐习惯了。最明显的证据是,这些年,我身上随时带着一包面纸;以前我从来不带面纸,尤其我从来不会感冒。现在,口袋里随时掏得出面纸,因为我太常需要擦眼泪了。爱你的人竟能惹得你这么难过,真是不可思议。

这甚至是一种诅咒:他们虽然不愿意,但被爱得最深的人,往往也是最残酷的人;他们离我们而去时，为我们带来最深痛苦的人，便是他们。我深爱我的父亲，因而他过世的那一天，就在他死前几分钟，我想要和他谈条件，那是个荒谬的构想，很离谱，但我对它深信不疑。爸爸在加护病房已经待了一个月，大家努力想要让他的心脏恢复正常，试着让它能不靠仪器而自己跳动，这时一位医生请妈妈、劳伯特、茱莉叶和我，到一间很小的资料室里会谈。资料室里凌乱地堆着好几叠卷宗，有一台很老旧的电脑和声音嘀嘀嗒嗒令人抓狂的空调——听起来像在倒数计时一样。那位医生平静地向我们说明，他态度和善且用词审慎，但我才不管这些，他说一切能做的都已经做了，而尽管如此，就在今天，再过几分钟或几小时，他的心脏即将停止跳动。医生又说，好在我们都在这里，都在他身旁，一起送他离开。医生陪我们回到加护病房，并低声向我们说了一句"如果你们有什么问题

的话",令我火冒三丈。有的,你这混蛋,我有很多问题:

你怎么没把我爸爸医好,你怎么没让他的心脏康复,像这样的一颗心,爱过那么多的人,当然耗损得比较快,比一般的心脏耗损得都多,你们这群没用的东西,以前在学校没学过怎么治疗这种心脏吗?

当然,我什么也没说,我只是在心里这么想,同时身边的一切仿佛瞬间崩塌,我走到他病榻前,床边架设了一大堆仪器,各种管线插满了他的嘴和皮肤。我们四人一起在他的病榻前,做全世上最糟糕的一件事:等待一颗我们所深爱的心停止跳动。

过程实在好漫长又好艰辛,就是那时候,我想到了谈条件的事。虽然很荒谬,却又再理所当然不过。我把脸凑到他耳边,压低声音不让任何人

听到,向他提议:

"爸爸,留下来,别走,求求你。我用其他人的性命来交换你的命。可以的,可以的,这是可行的,你留下来,让别人替你去死,让没有你好的人替你去死,让我们不认识的人、我们比较不爱的人、那些不想活的人、那些不爱自己的人替你去死。我们就这么办吧,如何?你慢慢醒过来,改让几十个或几千个其他人去死,我才无所谓呢!死一整个城市或一整个大洲的人都行,但你要留下来和我们一起!我呢,可以去向他们解释,我可以去告诉他们,为什么该让他们通通死掉而让你活下来,我可以去告诉他们你是谁、为什么这样是值得的,我可以一一去拜访他们和他们的家人,我只要跟他们讲一讲你的事,他们就能理解的。他们一定会同意!求求你活下来……他们一定能理解的,我保证……"

他没有听到这些条件。或应该说,以我所认识的他,他一口拒绝了。最明显的证据是,监控器上的曲线开始变慢了,护士小姐告诉我们,该向他道别了。从这一刻起,一切都发生得很快,凡事历历在目,像是今天一样,像是现在一样,妈妈握着爸爸的右手,茱莉叶握着左手,劳伯特握着他的赤脚,轻轻搓揉,仿佛想替他取暖,我则抚摸着他光秃的额头,偶尔顺势抚摸他脸颊,想让他舒服一些,我们每个人都哭泣着,我们顿失依靠,随他一起坠落,心跳声间隔越来越长,周围的世界崩塌殆尽,我们有流不尽的眼泪,难以想象的伤痛欲绝,我们告诉他"我们爱你,我们爱你",就连我也这么说着,我们平常从来没说过这种话,不需要,因为我们很清楚我们多么深爱彼此,况且最后这几年,我们打招呼或道别时也不再亲吻脸颊了,我们只轻轻拍拍手臂,仿佛爱得越深,就变得越害羞似的。

但此时,在这最后的片刻,再也不害羞了,我拼命赶进度,短短几秒钟内,我跟他说了一辈子那么多的"我爱你"。

护士把仪器关掉,告诉我们会让我们和他独处一会儿后,我仍继续说着"我爱你,我的爸爸,我爱你",而且我继续哭个不停。我们通通继续哭个不停,继续抚摸他的双手双脚和额头,我们大可这样继续好几个钟头,因为我们不想离开他,我们大可这样继续待上好几天陪他一起死,因为我们好孤单,好心碎,伤心得无以复加。

如今,妈妈这个样子,伤心的感觉不一样,比较模糊,没那么剧烈。但这两种伤心,可有哪一种比另一种好吗?如果能选择,要选哪一种:要被铁锤用力砸脑袋十下,每一次都痛彻心扉,但保证速战速决,还是要一点一滴积年累月地汞中毒呢?

如果是我呢,我不知道自己会选哪一种。起码,以我父母而言,两种滋味我都尝到了。某方面来说,这叫做两全其美吧。

或该说是祸不单行。

5. 其余的事

玛德莲
那一天的两年后

我拒绝遗忘。我全部都想要记得。好的、坏的,我全部都要,通通要装在我脑袋里,装在我身为女人和身为母亲的这颗心里。我不许阿兹海默症夺走这一切,他不可以把我开肠破肚,不可以抢走我最珍贵的东西。因为,一天天下来,阿兹海默症不是夺走我的记忆,而是剥夺了我的灵魂。我的灵魂逐渐离开我的身体,但我明明就还活着。

阿兹海默医师,恰恰是创造科学怪人的福兰克斯坦医师的相反:阿兹海默让灵魂从一个活生生的躯体剥离,疯狂的福兰克斯坦医师则是将生命赋予一个死亡的躯体。

所以我拒绝。我要反抗。我要保留每一个时刻、每一段回忆。我不要白活一场。我想要记得。我有这个权利。顶多,假如我真的没得选择,我同意让阿兹海默症夺走所有好的部分,只留下坏的给我,只留下那些一般人会想要遗忘的痛苦回忆。只要它愿意留下一点什么给我,我愿意只留坏的部分。我想要记得。而且麻烦一下,请按照时间顺序。

我想要记得我最初的回忆,那是妈妈第一次把我留在幼儿园,我又哭又怕,以为她不要我了。

我想要记得手指卡在厨房门缝那次,指甲翻

开的感觉。

我想要记得某个夏天午后,我在我家后面的空地,发现我的小猫的尸体,它才失踪没多久,但眼珠已变得雾雾的,苍蝇在四周飞来飞去。

我想要记得在得知将有一个妹妹时,自己心中的愤怒,以及我对这个小生命、这个入侵者的恨意,这股恨意过了好几个月,甚至好几年后才淡去。

我想要记得失去了爷爷奶奶的悲伤,以及不曾见到外公外婆的悲伤。

我想要记得中学时的懊悔,那时全班都排挤玛丽亚,因为她装有一颗玻璃假眼珠,而我懊悔自己不曾站出来说些什么;我想要记得我的羞愧,那时我为了想被其他人接纳,便问她,来上课的时候,为什么不干脆戴上海盗眼罩,肩膀上再顶一只鹦鹉算了,我因此惹哭了她,并感到羞愧不已。

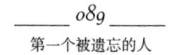

我想要记得妈妈切除乳房,在那个年代还没有义乳这种东西。某天早晨我意外撞见了她残缺的身体,我想要记得她当时的尴尬和痛苦。

我想要记得所目睹过的那些车祸,想要记得某天我拎着购物袋步行回家时,所看到的那个人的支离破碎身体;我想要记得在电视上看到的那些死者,那些静静不动的自焚僧人、那些成堆的尸体和种族大屠杀。

我想要记得劳伯特出生时,我的痛苦呐喊,和医师用手术刀划开阴道时,那种无法形容的痛楚,因为当年还没有无痛分娩这种措施,分娩时只有疼痛。

我想要记得我办公室的同事马克,他越来越瘦且越来越疼痛,最后死于一种后来才广为人知的疾病。

我想要记得我们母亲心跳停止时,我妹妹的

反应。后来癌症病魔卷土重来,慢慢战胜了我们的母亲。我想要记得妈妈停止呼吸,我们的家庭医师替她阖上双眼时,我妹妹竟跪倒在母亲遗体前,不可思议地开始呼天抢地:她像个孩子般大吼大叫,在决堤的泪水中说着:"妈妈,你没死,对不对,快说你没死,我的妈妈呀!"我想要记得医师和我彼此默默相看,完全不知该对这荒谬的情境作何反应,而妹妹一发不可收拾,凑到我们母亲的脸旁,贴着她耳朵大喊:"你没死,对不对,你没死!"喊得如此大声,我不禁直觉地抓住她手臂,把她往后拉,因为她这么靠近贴着妈妈喊叫,会把妈妈耳朵弄痛的。我想要记得,我当下就明白自己的反应和妹妹一样不理性:妈妈的耳朵不会痛了,其他任何地方都不会痛了。我想要记得这件事。

我想要记得汤玛斯还是个小婴儿的时候,某天我正在替他热牛奶,他从高椅子挣脱,摔了下来，我想要记得他的头撞到厨房地板瓷砖的声音，那声音清脆得像西瓜裂开，我深信遭受这样的撞击，他一定活不了了。

我想要记得某天，劳伯特在帮他爸爸修整东西时，我才一转身，他就把一截右手食指裁断了。

我想要记得我心爱妹妹的死，死得如此不值，沦为茶余饭后的闲话，我知道，附近很多邻居听得都笑了：她在做爱时脑中风死了。

我想要记得我成为健忘的人的那一天，想要记得一切骤变的那一天。

这一切，我都想要。我甚至严正这么要求。

我禁止别人偷走我的人生，哪怕是最悲惨的部分，因为所有这些痛苦都属于我；所有这些泪水都是我的。

汤玛斯

那一天的五年后

我开着电视睡着了,忽然听到妈妈大叫。这种事太常发生了,我并没有立刻起身,但过了一会儿,我好像听出了她不断重复的一个字。

这个字令我不寒而栗。

我立刻直奔她的房间,推开门并把灯打开,发现她正在哭泣,被子往上拉到下巴,然后她开始不断重复我刚才好像听到的那个字。她喊着:"妈妈!妈阿阿阿阿妈!"

她在喊着她四年前因癌症过世的母亲。她看起来惊慌失措,恐惧万分,完全就是个小孩子。我浑身起鸡皮疙瘩。通常,只要推开房门再把灯打开就够了,就算没能让她停止喊叫,至少也会转移她的注意力,让她忘掉脑袋里那个正在翻腾的什么。但这次,仿佛我不在现场似的,她看起来依然很恐惧和孤单,所以我来到她身旁,小心翼翼把手放在她肩膀上,还刻意把手臂伸长了,并把头向后退一些,以防她本能地忽然想甩我第N个巴掌,但她只是喊得更大声了:"妈阿阿妈!妈阿阿阿妈!"她仿佛被附身了似的。我把另一只手也放在她肩膀上,开始轻轻摇晃她,想把她摇醒,但没用。"妈阿阿妈!"我摇得稍微用力一些,因为她的叫声越来越尖锐了。没用。我又摇得更用力了,但感觉我会把她弄痛,她如今变得那么瘦弱,所以我轻声跟她说话:"妈妈,我在这里呢!"

"妈阿阿妈!"

"别怕,我在这里陪你呢。"

"妈阿阿阿妈!"

根本没辙。我拉高了音量,改用严厉的口吻,像是老师或警察的口吻:"妈妈!够了,别闹了喔!"

"妈阿阿阿阿妈!"

"别叫了,拜托你! 安静!"

"妈阿阿阿阿阿妈!"

她喊得越来越大声。我受不了,也跟着大叫:"安静! 妈妈,安静,别叫了!"

"妈阿阿阿阿阿阿阿妈!"

"妈妈,闭嘴!"

"妈阿阿阿阿阿阿阿阿妈!"

"靠,妈妈,闭嘴啦! 你给我闭嘴啦!"

"妈阿阿妈!"

"妈妈!"

"妈阿阿阿阿妈!"

"妈阿妈!"

"妈阿阿阿阿阿妈!"

"妈阿阿阿阿妈!"

"妈阿阿阿阿阿阿妈!"

"……"

这一刻,我觉得自己好像灵魂出窍,从上方看着这一幕:我看到两个疯子轮流喊"妈阿阿妈!"实在太可悲、太激烈又太荒谬了,我忍不住放声大笑。我是发自心底地狂笑,笑得既绝望又无法克制,于是我笑了又笑,笑到流眼泪了,因为这两个疯子当中,到头来吼得最大声的是我。我受不了了,我被逼到极限了,但实在太好笑了,我心想如果有一天要写妈妈生病的事,我一定要把这段写进书里,因为,真的,我已经跌到谷底了。主角跌到谷底,总是蛮好笑的。

看到又听到我笑成这副模样,妈妈的注意力转移了,她不哭了。她直盯着我瞧,毕竟我对她而言是个陌生人,她一定很纳闷,三更半夜的,这个陌生人不知为何在这里做出如此怪异的举动。她没有打我,只是像个动物般好奇地盯着我。然后慢慢地,我笑够了,所有的痛苦都已发泄出来,于是妈妈转了过去,蜷曲身体渐渐睡着,我则愣在这里,倚靠着她的床,坐在地上,重新习惯这片痛苦的沉默。

我摇晃了妈妈,很用力地摇晃了她,而且也骂了她。我骂她骂得很过瘾:朝她大吼,让我变得舒坦,如释重负。

或许该是交棒的时候了。

玛德莲
那一天的两年后

汤玛斯几乎随时都和我在一起。他实在太好了。以他这个年纪,还愿意照顾生病的母亲,实在很难得,他明明该去把艾玛追回来,如果追不回来,至少也该找个新对象。我还蛮喜欢艾玛的,虽然我通常比较喜欢地中海一带的女生,总是想象汤玛斯会和深色皮肤的褐发美女在一起,然而有着金色头发和蓝色大眼睛的艾玛,我也很愿意把她留着当媳妇。可是他父亲过世后,他就有点冷落她了,接着又是我的事,我知道这样只会让情况雪上加霜……我不断告诉他:"汤玛斯,你回家去,打电话给艾玛,她一定还没交别的男朋友,算起来才多久,两个月而已嘛,你说嘛,才两个月,一个女人不可能找到比你更好的男人。"于是他告诉我,她离开已经一年多了,而我则忍不住发牢骚,因为时间这种事呀,真是越来越糟糕,我完全搞不懂了,事实上,我还蛮高兴汤玛斯能陪我,因为现在呢,我已经留不住什么了。我记得以前的事,记得儿时和年轻时的事,可是最近的事呢,我发现我几乎没记得几件。如果别人问我今天或昨天做了些什么,通常我答不上来或会弄混,除非发生了真的很特别的事。我请汤玛斯帮我买一些日历和时钟,放在每一个房间里。我抵抗着,用我的武器挣扎着。每天撕一张的日历,最大的问题在于,我永远不知道是否已经撕过昨天的那一张,于是每次就会多撕。结果,必须等上好几天才能再撕一张,但这期间,我便无法知道今天是哪一天。

好像是没多久以前吧,孩子们聚在一起替我庆生,我不记得是自己的生日了。到底是三天前还是一个月前?我不知道,而且永远也不会知道了。我问汤玛斯:"咦,汤玛斯,你哥哥和妹妹是什么时候来替我庆生的?"但不论他回答我什么,我当下就忘掉了,这实在很糟糕,因为这样已经不单单是遗忘了,感觉好像我丧失了某种感官,无法再作判断,再也看不到时间,它没了气味、没了颜色、没了滋味。

说起来,时间何尝不是一种感官呢?

我丧失了时间。

我仍然很想死。我经常想打开窗户往下跳,但这里不够高,很可能死不成,只会重伤而已。

嘿,这个老太婆可真奇怪呀。

我觉得我的"我"真的开始离开我了。几年前的一些事情,譬如我去瑞士玩、最后一次和我老公出远门的那一趟,或是茱莉叶的儿子、我可爱的外孙出世,他叫什么名字来着,待我想想,劳伯特,噢,不对,哎,气死我了,啊,对了,他叫卢卡,这些我全都记得,我每天都训练自己回想,但感觉就像有一层纱,已经开始渐渐覆盖某些时刻。我回想得没那么好、没那么清楚了。我知道这意味着什么:再过不久,我将忘掉卢卡出生的事,忘掉我曾经去诊所帮茱莉叶和陪伴她,因为她的第一胎生得很辛苦,跟我自己当年一样,她非常疼痛。这一切,就是人生呀。我将不记得自己曾经在那一两天扶她下床,好稍微减轻她的疼痛。这一切将不复存在。

从此以后,就像炸弹的引信一样,一切将开始燃烧殆尽,阿兹海默症将蚕食我的一切,它将吞没一切直到最后爆炸为止。真叫人无法接受。我不要这样。

感觉这个老太婆好像脑袋空空了。

我想死。汤玛斯经常请医生来,或带我去看医生,让他评估看看我是否需要出门透透气,而且我吃的药越来越多,我们的家庭医师说我有忧郁症状,说:"以你这种情况,有灰色念头是很正常的。"但我感觉他这么说只是为了让我好过一些。没有人懂,是吗?没有人懂我吗?我即将忘掉一切,忘掉所有人,而且无药可治,这难道还不算是个陷入严重忧郁的正当理由吗?这个理由还不够让人想轰掉自己的脑袋吗?我受够了……我真的受够了这一切。够了,够了,妈的!

啊,要是我只有自己一个人,没人爱我就好了……

这个脑袋空空的老太婆,怪怪的喔。

6. 离开

汤玛斯
那一天的五年又六个月后

我并未把"妈阿阿阿阿妈"那段不太光荣的小插曲告诉茱莉叶和劳伯特,当年,想要交棒的念头一闪而逝:我绝不答应把我妈妈送去和一群比她老十倍且病情严重十倍的人一起"等死"。所以原本的日子继续过,而且当然更加恶化。大约四个月前,发生了一件非比寻常的事情:我哥哥和妹妹来家里共进晚餐,他们来了以后,猜怎么着:妈妈把他们两个都忘掉了。啪,两个同时一起忘。他们来了,我拥抱了他们,我们去探望妈妈,她正在阳台喂面包给争先恐后抢食的鸽子,这阵子以来,这项活动让她心情大好。见到茱莉叶和劳伯特时,她露出笑容并说:"先生您好,小姐您好,来看看我的鸽子吧,它们好漂亮!"

就这样,他们也不存在了。他们默默吞下了这个打击,茱莉叶出去哭一哭,劳伯特坐在客厅,他安安静静地用手抵着下巴,许久许久。他眼眶湿润,但并未掉眼泪。不是为了面子问题,不是的,我们早就超过了那个阶段:我想他单纯只是觉得哭腻了。

茱莉叶回来以后,我们三个互相拥抱,他们跟我说:"你看吧,这下子不是只有你一个人,我们都一样了。"

我点点头,因为我知道这一刻对他们而言,有多么难过。但在内心深处,我依然一样伤心,因为不论发生了什么事,我永远都是第一个被遗忘的人。没有什么能改变这一点。更糟的是,没有任何人也没有任何事能告诉我为什么会这样。仔细一想,这八成要怪我:我不像劳伯特或茉莉叶,学习成绩从来就不很亮眼,我总是一派无所谓的态度,关于我对她的感情,我很少有所表示或说些什么,我想,对于她所曾给予我的一切,我也从来没有表达过感激。或许就是这些日积月累的小失望,促使她的脑袋第一个把我忘掉。

为了庆祝我们三个通通被遗忘的这第一天,我们把爸爸收藏的陈年老酒拿出来。妈妈从来不喝酒,因此有足够的威士忌和马丁尼,让我们三个一起高兴地喝个烂醉,我们花了大半夜的时间,笑谈说过上千遍的往日回忆。后来,等茶几上堆满了数量有点太多的空酒瓶后,他们该回家了。他们叫了出租车,我则再度独自一人,孤单又酒醉,陪着在房间里不睡觉的妈妈:我听到她不时会说话,和把房门开了又关。

事实摆在眼前:她已经把她的三个孩子都忘了。套用她以前的说法,我们是她两只手捧着的三个心肝宝贝。病魔在这场追逐中,刚跨越了一个里程碑,它应该对自己的表现很得意吧:真不晓得接下来会怎样。于是我坐到计算机前,去网络讨论区搜寻能稍微振奋人心的分享文章。我读到有个女人写的一篇文章,她的父亲已经两年多不认得她了,忽然某天他喊了她的名字,然后若无其事般,在数十秒钟之间,完完全全像之前那样和她闲话家常,聊起彼此的一段共同回忆,而且是一段相当有趣的往事,我已记不得详细内容,因为我心中萌生起强烈的希望:希望我母亲能认出我并和我说话,再最后一次就好。既然在别人身上发生了,就表示这是可能的呀!"如果是今天晚上呢?"威士忌在我耳边呢喃着。我犹豫了一会儿,接着我去她房间里,在我所装设的小夜灯旁的椅子上坐了下来,会装设夜灯是因为这阵子以来,妈妈不肯在黑暗中睡觉了。我特地确认她没在睡觉,而且心情平静,于是,我把她稍微扶坐了些,在她背后垫了个大抱枕,然后双手握住她的手。我静静不动等待着,等她转过头来看我。我等了很久,然后,她看了我,仿佛赫然意识到我的存在。我把脸凑向她的脸,好看清楚她的双眼:我认出了我母亲的眼眸。于是,借着马丁尼壮胆,我终于说出口了,说出了她大概一直以来都想听到的话,或许这样能最后一次促使她有所反应。

"妈妈,我最爱的妈妈,求求你,再认出我最后一次吧,我谢谢你为我所做的一切,谢谢你给过我的一切,爱、关心和所有其他的事,所有对我们而言重要的事。我拜托你,妈妈,好好看看我,把你剩下的爱通通集中起来吧。我很抱歉,我应该要更用功,对你应该要更贴心、更常表达感情,我应该要跟你说'我爱你',喏,我这就跟你说了,妈妈,我爱你,你听到了吗?我跟你说了喔!你呢,你也跟我说,好不好?来吧,妈妈,好好爱我吧,快跟我说我是你儿子。再喊我汤玛斯最后一次吧,我只求你这一件事而已,快说你爱我,妈妈,快说你是我妈妈,快说我是你的小心肝、你的小宝贝,就像之前那样,我不会再要求你别的什么了,我发誓,拜托你再认出我最后一次吧,求求你……拜托你跟我说说话,拜托你说我是存在的……"

她比平常更专注地凝视了我,她好像握了握我的手。

"对,妈妈,说出来吧。我求求你,快说给我

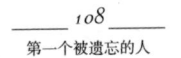

听……"

她的嘴巴很缓慢地张开了,她握我的手,握得更用力了些,然后轻轻说出:"算是一种鸽子,但是是石膏的。"

玛德莲
那一天的两年又六个月后

我越来越喜欢看电视。以前,我只有在晚上,不想睡觉的时候,会看看电影,或有关大自然的节目。现在,我都还满喜欢的。我一天到晚看电视,汤玛斯常念我,他叫我要动一动,要找些事情做,我说好呀,可是要做什么?好像没有什么事要做的吧。前两天,我确实叫邻居太太不要再滚垃圾桶,结果,果然越叫她不要,她偏偏越要,今天早上或昨天,她又滚垃圾桶了。讲都讲不听,真是的。

感觉劳伯特和茱莉叶越来越常来家里,我很

高兴,但汤玛斯不要我花力气下厨;起先我坚持要下厨,但他说不用,他自己想办法,结果其实这样皆大欢喜。必须说,以做菜而言,我的手感有点跑掉了。我明明全部按照以前的方式做,鸡呀、蔬菜呀、汤呀,可是常常吃起来味道就是不一样。又或者,也许我的味觉也跑掉了,对了,这下次该问问医生。不过滚垃圾桶那件事,还是搞得我很烦。汤玛斯说他明天会去找邻居谈谈。

三个孩子都在时,我们什么都聊,但现在会尽量避开生病的话题。他们对我说话都很和颜悦色,他们很细心,能有这么可爱、这么贴心的孩子,让我感到很窝心,光是想到有一天,我将会忘掉这份贴心和这份爱,我就感到很难过。

但我已经不去想寻短见的事,那些通通过去了,我现在难过的感觉不一样了,也说不上来为什么。电视上,他们播了一个生了可怕的病的女人,我不记得是什么病了,但真的很可怕,比我的还可怕得多。结果呀,她并不想死,反而还说:"我要为了家人对抗到底",啊,真勇敢呀,我呢,并不想要对抗什么,我只想要自己好好的,不过这个嘛,唉……我心想她真的很勇敢。不像另外那个滚垃圾桶的噢,实在是。

汤玛斯
那一天的五年又六个月后

几个星期前,按照茱莉叶自己的说法,她碰巧顺道经过。当时是周日,而且是白天的下午时间,平常她太忙,决不可能在这个时候经过,因此我研判,她这一趟反而是事先计划好的。她应该是刻意拨出了时间,更改了会面或开会时间,总之是凡事安排妥当了,才有办法碰巧顺道经过。事有蹊跷,但我假装不知道:"小妹,你来探望我们,真好!"

"我刚好经过附近,想说顺便绕过来。你还好吗?"

"还好,谢谢。"

"你在干嘛?"

"喔,正在用电脑。"

"在写作?"

"对。"

"太棒了!我太好奇了,一定要看一下!"

她坐到计算机前,移动了鼠标,以启动荧幕:"喂,你的新小说看起来很赞耶!书名是什么?《明年度缴税总额》?太棒了,内容在讲一台新计算机,还有火车票……真是耐人寻味呀!"

"噢,拜托……"

"汤玛斯,你没在写作了。"

"有啦,只是……"

"给我看!"

"没啦,现在手边没东西,我只是……"

"只是你已经……我不知道……两年,还是三年,都没写过半行字了?"

"再更久一点……不过我有两份预备的稿子,所以,还可以啦……"

"才不是像你说的'预备',你把它们先搁在一边,是因为觉得它们不够好!你干脆直说吧!"

"既然你这么说。"

"我当然这么说!所以呢?"

"所以,我没在写作了。我写不出来。"

"因为这种情况下没办法写作。汤玛斯,你已经做得够多了。我们必须安置妈妈。"

安置妈妈。我立刻厌恶了这个字眼。厌恶这个字眼里的虚伪、谎言和羞愧。这个字眼是个让人遮躲的帘幕。才不是安置妈妈,是遗弃她。我绝不答应。我后来再也不曾对她发脾气,她越来越需要我,凡事都需要我。

"所以要怎样,把她送去流浪动物收容所吗?这就是你想要的吗?"

"很受不了你耶!我会忍住,因为我太清楚这样会有多痛,但真的,我好想狠狠甩你一巴掌!你不可以跟我说这种话!"

这时候,大概是被直线飙高的音量给吸引了,妈妈来到客厅。然而她几乎看都没看我们,就径自坐在没开的电视机前。她如幽魂般出现,让我们瞬间冷静下来,音量也下降一格。

"你怎么能跟我说这种话……汤玛斯……"

"拜托,我们不能抛弃她呀!她会很孤单的,很可怜,再说……"

"等等,这是什么味道?"

"怎么了?"

"有味道！闻起来像大便，好臭！别说你没闻到！"

"喔，是啦。是妈妈。但别担心，她有包尿布。"

茱莉叶以一种我从没见过的表情看着我，既错愕又恐惧：

"你帮妈妈包尿布？"

"对，但这是最近的事，因为她有过一两次意外，所以……"

"你帮妈妈包尿布……你，汤玛斯，你帮我们的妈妈包尿布，而且想当然，你又忘记告诉劳伯特或我了！"

"因为没有什么好说的呀！就是这样嘛，现在她有需要了，那我就替她包呀！"

"那如果她像现在这样，拉在尿布里了，你怎么办？"

"你问这什么白痴的问题？那你说我该怎么办？"

"你说。"

"不要。"

"汤玛斯，你说！"

"不要！"

"你替她擦屁股！天呀，汤玛斯，你帮妈妈把屎把尿，还替她换尿布！"

"是啦，我替她擦屁股！我替我们的妈妈擦屁股！那又怎样？她也帮我们擦过屁股呀！"

茱莉叶眼眶泛泪，她握紧了拳头："汤玛斯，我爱你。我爱你，而且我也佩服你。你所做的事情很了不起，但从现在起，你必须重新开始过生活。你已经没有自己的生活了，你有发现吗？没有朋友、没有感情生活，什么都没有了！所以，哥哥，你给我仔细听好，因为我这么说是为了你好，也是为了妈妈好。不论你答不答应,她明天就得离开。"

玛德莲
那一天的两年又六个月后

我好疲倦。随时都疲倦,或几乎啦。我好疲倦,却睡不着,至少,是越来越睡不着。尤其是夜里。夜里很恐怖,一闭上眼睛,一大堆东西就开始在我脑袋里翻腾,有回忆啦、想法啦,仿佛事情通通搅在一起,害我头昏脑涨,所以我不睡觉了,尽量不闭上眼睛,试着什么也不去想。但越试着什么也不想,偏偏越会想到一大堆事情。有时候,我干脆起床,在家里走一走,然后我常常生气,因为麦克斯的东西到处乱丢,最后是谁来收拾呢,当然是我,再这样下去,我整个晚上光收拾麦克斯乱丢的东西就收不完了。我又不是他的清洁工,对不对,我们结婚又不是为了这个。

有时候电视上,健康节目会谈到阿兹海默症。前两天,有一则报导介绍了某间医院或某间诊所里的一大堆老人,他们都是像我一样的健忘的人,但他们真的很老,可以看到他们在一个有着鱼缸和很丑的桌子的大厅里,和护士玩着一些很白痴的游戏,都是些小孩子玩的游戏,像是把三角形积木放进三角形的洞里,有个老头子居然连这样都做不到。我好想砸电视。我不要变成那样,不可以。有个老太太盯着小鱼缸里的鱼,一盯就是好几个钟头,她就那样,嘴巴张开,没了上排牙齿,看得出来,因为她的上嘴唇整个卷进嘴巴里了,她就那样,嘴巴张开,像个死人一样盯上好几个钟头,盯着那群鱼游来游去,那群鱼蠢得要命,但应该都比她来得聪明。我把遥控器朝荧幕扔,劳伯特就来了,他骂了我一下,我说我爱怎样就怎样,这是我的电视机,而且我是他妈妈,但他亲了我额头一下,我便平静下来,我的劳伯特实在太好了,随时都在这里陪着我。他瘦了。

  我几乎随时都很疲倦,我睡不着,尤其是夜里,夜里很恐怖,我越来越讨厌夜里,我会忍不住去想一大堆事情,想到无法睡觉,所以我尽量什么也不想。我还记得小时候,我很怕黑,我希望别关掉走廊上的灯,但这样我妹妹就睡不着了;她呀,喜欢暗一点,我们两个只有一间房间,所以每次都吵架,妈妈也不知该如何是好,但因为我是姐姐,妈妈便决定让我在黑暗中先等妹妹睡着,然后才开走廊上的灯,把门留个小缝,好让我有一点光亮。那样我就睡得着了。

汤玛斯
那一天的五年又六个月后

茱莉叶说过"她明天就得离开",但其实,前后花了两个月。虽然我妹妹心意已决,且固执起来非常固执,有些山仍不是说移就移的。

我并未坚持,因为我知道她说得对。我撑不了多久了,我会崩溃的。我觉得我们找到了一个不错的机构,是一家有医疗设施的安养院,她所需要的照护,在那里应有尽有。我们三个说好了,要设法每天让妈妈被探望两次。茱莉叶和劳伯特轮流在十一点午餐时来看她,我则下午来。我很讶异,且非常高兴他们居然能从各自忙碌的工作中,拨出这么多时间来。他们说他们这么做也是为了我,好让我能重新过正常的生活,我也郑重答应他们——当然,这是茱莉叶提出的想法——每天陪妈妈不超过三个小时。一天二十一个小时的正常生活呀，一定会让我改头换面。而且我相信自己一定会喜欢。

明天就是大日子了。以现在的时间来看，或许该说是今天。我知道我将无法成眠，直到他们到来为止，也知道我们三个将一起送妈妈去那个地方，那个除非出现奇迹，否则她再也不会离开的地方。我必须接受：今晚是妈妈在这个家里——在她的家里——度过的最后一晚。

她也没在睡觉，我听得出来。这会儿，她在她房间里自言自语，发出她那些奇怪的声音。夜里有一部分的时间，她在走廊上走来走去，骂了我一两次，但没有摔任何东西；后来经过客厅门口，她问我："我爸爸呢？"我答说我不知道，她便若无其事转头回去。过了三四十秒钟，她又来了，那时间刚好够她拖着双脚走完几公尺长的走廊并转身回来,她问我:"我爸爸呢?"我再度答说我不知道,这一模一样的一幕重复了至少五十次。她用相同的语气,问了我五十次相同的问题"我爸爸呢?"我也五十次回答说我不知道。后来,她终于回她房间去了。

妈妈的呢喃声被大门的门锁转动声盖住了。劳伯特和茱莉叶已经来了,原本我们是约八点,现在才早上六点半。从他们的神情看来,也是一夜没睡;所以,剩下的这一个半钟头,与其自己过,还不如一起过。我们默默吃早餐,很享受劳伯特路上顺便买来的热腾腾的可颂面包。我们的胃口出奇地好。一家人一起吃早餐,是很温馨的,会让人回想起童年,那时候,果酱的滋味足以让人忘掉即将展开的一天。

早餐用毕,我们互相看了看,知道时间差不多了。茱莉叶穿上背心,我也披上夹克,艰困的时刻,感觉总是特别冷。我请他们把东西提去车上,我则去带我们的母亲。

我轻轻推开妈妈的房门时,她盘腿坐在床尾,她双手互相贴着,拱成半圆形,轻轻摇着。我花了几秒钟的时间才明白,她正在摇哄一个看不到的对象。我上前一步,她一看到我,双眼就亮了起来:"爸爸,你来了!"

"我……对,我来了……"

"说话别太大声,他在睡觉。"

"谁在睡觉?"

"哎哟,艾维斯嘛!"

"艾维斯是谁?是你的小宝宝吗?"

"才不是啦,爸爸!真是的,胡说八道耶,我还太小,怎么可能有小宝宝!艾维斯是洋娃娃呀!"

我望着她一会儿:她看起来很快乐。她轻声唱起一首摇篮曲:"快快睡,乖孩子睡,乖孩子快快睡……"她是个小女孩,坐在自己房间里,在父亲的注视下,玩着洋娃娃。我看到她脸上的笑容变得灿烂,她把摇篮曲唱完,并在她洋娃娃的耳边说了些悄悄话。我很不愿意地打断她的快乐时光:"好吧,来,该走了。"

"去哪里,去上学吗?"

"对,没错,我们要去一所新学校。"

"我可以带艾维斯一起去吗?"

"当然可以。"

我握着妈妈的手,轻轻施力牵着她,好让她跟我走;她的另一只手仍抱着她假想的洋娃娃。

"艾维斯,听到没?你要跟我一起去上学耶!而且还是新学校唷!"

一所新学校……说起来,也算是啦。那里会有其他像她一样的孩子,只不过他们的父母再也不会接他们回家。

劳伯特和茱莉叶手上拎着最后几包东西,在门口等我。我抱着妈妈走下那几个台阶。我和她一起坐在后座。才顶多一分钟,她好像已经忘了她的洋娃娃,她的眼神再度显得空洞。她又回到自己的世界里。

我把领口拉高,感觉比刚才更冷了。妈妈被丢去跟那一大堆她不认识的人在一起,一定会很孤单;我深信,不论如何,她如果是跟她认不出的人在一起,还是会感觉好一些。

第二部分

1. 骤变

玛德莲
那一天的三年后

乱演一通,这电视真是乱演一通!现在跟我说话的这个是谁呀?平常都是那个金发女生,但这个家伙是谁?这男的,我从来没见过他,他干嘛跑来我的电视里跟我讲话?这真是怪了,随便什么人都跑来我的电视里跟我说话,可是这家伙,我又没叫他来,我要像平常那样,我要跟我最喜欢的那个女生说话。不然,是我自己弄错按钮了吧,1,不对,2,不对,3,不对,我喜欢的那个金发女生到底在哪里,哎呀,我找不到,还有那个门的声音,搞得我烦死了,是谁在门那边吵?

"妈妈,早安。"

"您是谁?"

"妈妈,是我呀!汤玛斯呀!"

"汤玛斯,喔……汤玛斯,呃,您是,呃……不,我不认识您。"

这个年轻人平常不在这里,还是他平常就在?我觉得应该不在。

"先让你看一下电视,待会儿就会好点了,你会认得我的,一定会的。"

"现在几点?"

"妈妈,现在是早上九点,我昨晚回我家。你有睡吗?"

"我不知道。"

九点,对呀,通常到了九点,就会有我很喜欢的那个金发女生,她跑到哪里去了?哎呀,烦死我了,她原本一直都在的呀,她头发梳得很漂亮,长得很可爱,而且我喜欢她的声音,像在唱歌一样细细的,跟我妹妹一样,对了,我妹妹呢?还有我喜欢的那个金发女生呢?

"你一定记得吧,昨天晚上,我就在这里陪你,现在早上我又来了,每天都是这样呀!喏,我去帮你领药来了。"

"喔,您是来帮我打针?"

"打针?打什么针?"

"噢,我哪知道呀!拜托请您让我好好看电视。"

这个年轻人真烦!尤其还是个这么年轻的医生,我不太信任他。而且我最喜欢的那个金发女生到哪里去了,在第几台呀?4,不对,5,不对,6……

"拜托,我又不是医生!妈妈,你看着我。先把电视遥控器给我,我把它转小声一点。你看着我。妈妈,你认得我吧,对不对?我不是来打针的,我是你儿子。你知道的,我是汤玛斯,你最爱的儿子呀!没啦,我开玩笑,你爱我们三个爱得一样多,对不对?你的三个心肝宝贝呀!你的三个小孩,你都爱得一样多,对不对?你跟我聊聊你的小孩吧,然后就会想起来了。"

啊,他想和我聊我的小孩,那么他一定是好人。一个很好的年轻人。我很喜欢的那个金发女生,待会儿再找吧,先来和这个年轻的护士——既然他不是医生,一定是护士——聊聊我的宝贝孩子们。我最爱聊我的宝贝孩子们,他们是我最大的骄傲。他们是劳伯特和茉莉叶,是我捧在手上的心肝宝贝。

汤玛斯
那一天的六年后

起初,我很讨厌安养院。我所能看到的,尽是妈妈未来的可能性,也就是其他的院友。他们大多已失智,多半是由阿兹海默症所引起,随着我行经各个庭院、走廊或交谊厅,我看到的不是许多的人,而只是许多我母亲未来可能变成的模样:譬如那个不跟任何人说话、只会恶狠狠盯着前方的妇人——她的愤怒和恐惧已经凝固了——可能是再过几个月的妈妈;那个更瘦且越来越瘦的老头子,把他放在哪里,他就一直待在哪里,他张着嘴巴,口水全都流出来,偶尔发出一点声音,不过说不定他只是在发呆——可能是再过一两年的妈妈;我往寝室里看的时候,看到许多妈妈空洞地平躺在人生的尾声上,仿佛已经死了一般。寝室里的那些妈妈,没有任何人陪伴她们。

几星期下来,已经不会再在意其他院友了,他们只是装饰布景,就像绿色植物一样。一些充当绿色植物的植物人,呵,这种事在以前,一定能把妈妈逗笑。但那一切已经结束了:妈妈不笑了,她会打人。趁着还能在"较有活动力且较有反应"这个类别再待上一阵子,她倒也不客气,三不五时就会在这个场景里抢戏一下:我曾被告知说,她打过一位坐轮椅的老爷爷,只因为他开口向她说了句话,或者有个在走廊上自言自语的妇人被她甩了几个耳光。你来院里探访,或刚好遇到院方人员的时候,他们会告知你,但说话时的语气就好像在报员工餐厅的今日菜单一样:很机械化,毫无情感,因为这里就是这样,这种事一天到晚发生。起先,我很不好意思,还会为了妈妈动手而道歉。但我很快就明白没这个必要。这是院方人员的好处，他们能免去你的罪恶感：他们总是见过更糟的情况，他们以前总是遇过行径更夸张或更暴力一千倍的病人，所以，没必要道歉，这种事已经是例行公事。

我的例行公事呢，就是每天下午三点来，六点离开。我信守诺言，从来不曾多待一分钟，但也从来不曾少待一分钟。我从我家提早二十四分钟出门，停车场上每次都有空位。回程则需要整整多十分钟，因为这个时间的交通比较拥挤，我大约六点四十分能回到家。说是我家，其实是妈妈家：我把原本的公寓退租了，反正屋里几乎没什么家当了，我也白白缴了太久的房租。既然我想要继续待在这里，家当也都已经搬来这里，茱莉叶和劳伯特很鼓励我住下来，他们完全没有意见，反而是只要我高兴，他们就高兴。自从妈妈搬去那边后，感觉病人好像变成是我了：我哥哥和妹妹对我无微不至，凡事都顺着我；最糟糕的是，他们以为我都没发现这一点。有时候，我会觉得很烦，但我知道他们是好意，他们应该会互相通电话讨论我的事，我很能够想象茱莉叶说："如果他想继续住下去，没问题呀，重点是他得要写作，偶尔也要出去见见人。"然后劳伯特一定会说："对，茱莉叶，你说得对。"茱莉叶当然是对的，她经常都是对的，其实我觉得这样有点烦，但好啦，我没有忧郁症或什么的，我只是需要时间步回轨道而已。

我很快又会开始写东西了，我可以感觉得到。有感觉油然而生。因为写作是一种升起的过程。起先，我以为写作是一种下降，我以为一切都是从上面来的，以为是脑袋里有泉涌而出的灵感，以为只要任由它倾泻就行了。后来，我发现不是这样的：写作，是一座内在的火山，必须替它开道。身为作家,必须懂得引导岩浆,让它从肚子升向心,再注入手臂,最后从手指末端喷发。岩浆不能流经脑袋,不然脑袋会使它降温,它的表面骤变就凝结不动了。作家只不过是自己内在之火的引导者而已。

我呢,岩浆卡在心那里了。现在比以前好一些了,以前我连肚子那里都感觉不到岩浆的存在,但未来的路还很漫长。我觉得我内在的温度仍不够。

玛德莲
那一天的三年后

我说得对,那个年轻人是好人。他一直照顾我。我没弄清楚他到底是真的护士还是别的什么,有时候他不回答我问的问题,不然就是我听不懂他回答我的话,但无所谓,有他在的时候,我感觉很好。只不过有时候,我明明才刚打扫过家里,他却又扫一遍,弄得我有点烦。我跟他说,我刚打扫过,很干净,他却说:"对,可是两次总比一次好。"关于我吃饭或洗澡,他也是这么说,我说我几分钟前才刚吃过或洗过,我记得很清楚,我没发疯,那个年轻人便说:"对,可是两次总比一次好。"所以,哎,我去做,是为了让他高兴,或让他别再一直唠叨了。

茱莉叶和劳伯特会来看我,他们也好好啃。上次,我跟他们说,我不太高兴,我现在都没老公了,我妹妹还不常来看我,但我看得出他们听了也很难过;他们很喜欢他们的阿姨,也难怪呀,她一天到晚买礼物送他们,或请他们吃冰淇淋。我妹妹呀,大家都喜欢她,只有我老公麦克斯,在我们刚结婚不久的时候,曾经和她吵过一次架。但我不想说他的坏话,因为我可怜的老公呀,他已经死了。

汤玛斯

那一天的六年后

越来越常见的情形是,我去探望妈妈时,她不跟我说话了,一个字也没有。我拥抱她时,她没反应,或者无力地把我推开,接着,便是毫不间断的整整三个小时沉默。不论这时候她在哪里,独自在自己寝室里,或和其他院友在一起,她都不对我说什么了。仿佛她对我视而不见。偶尔她很难得跟我说上几个字或该说是当着我的面说上几个字,但我明显看得出,她根本不知道我是谁。我很久以前就不是她的儿子了,可是现在,我连她的护士,或那个人很好的年轻人都不是了。两度被遗忘,真是中大奖了。我和其他人一样,也成了场景的一部分。我呢,还是会尽量多跟她说说话,就算有时候没什么好跟她说的也一样。

一位看护小姐越来越常来探视我。起先,我们在交谊厅里的时候,她只是跟我打招呼,告诉我妈妈做了些什么事。我一开始并没有发现她很漂亮,我呀,并不是在和一个美女说话,而是在和照顾我母亲的一位人员说话。我们原本谈的是有关妈妈的情况和考量,渐渐地,开始聊了几句关于我们自己的事,一些很普通的对话:我的工作、她的兴趣等等;然后我们舍弃了敬语,她固定会来妈妈的寝室里,我们也对彼此了解越来越多。随着她照顾妈妈、替她换床单、喂她吃药,每次所花的时间越来越长一些,每次我也越来越高兴看到她。她问了一些关于我的问题,问得越来越详细,"我很好奇耶,您不会介意吧?"我也问了她一些问题。

上次,她问我是否有女朋友,我说:"没有。"她马上接着问:"那也许有男朋友啰?"把我吓了一跳。我这辈子还是头一遭被人这么问;自从艾玛以后,我的感情生活一片空白,因此似乎更难为自己辩驳。她看到我一脸错愕,立刻向我解释:根据她在这里的经验,同性恋者往往比其他人更常来陪伴母亲,"注意喔,我并没有说一定是这样,但确实经常如此!"我告诉她,我就是个来陪母亲的其他人,她听了笑盈盈地说:"而且,居然没有女朋友!"随后她先行离开,离去前对我眨眨眼。并不是带有性暗示的眨眼,不是的,而是一种温柔又可爱的眨眼。

她名叫克拉拉。

玛德莲
那一天的三年后

其实,我觉得那个年轻人不是真的护士。他只是住在别人家提供照护,至少我是这么觉得啦,我没有仔细问过他,但我知道真正的护士不会一整天都待在别人家里,不然,他是某种看护吧。可是我都称他护士,他喜欢被这样称呼。我告诉他,应该去当医生,那样赚得比较多,像我女儿就自己开不动产经纪公司,还有我儿子是,啊,我一时想不起那个职称怎么讲,法院什么什么员的,喏,像这类工作收入就不错,可是那个护士说不必了,说他喜欢现在这工作,说他喜欢照顾我。我唯一讨厌的事,是他有时候会带我去医院,那些笨蛋把这叫什么来着?啊,对了,上"记忆课程",做一些很无聊的事情,好让我恢复记忆。会问问题,问一大堆问题,常常有个褐发女生,一直都是同一个,她人很好,只不过她每次都会问我的生日、我老公的名字、我小孩的名字,每次都一样。真够无聊。不论是她自己,或她们两个一起,反正都一样,无聊透了。另一个女生呢,我很讨厌。她要我玩一些游戏,用数字、清单或东西玩游戏,可是没有任何奖品,太烂了。那个人很好的年轻人来接我的时候,我很高兴,因为表示课程结束了,医院再见,他送我回家。

起先,我以为是他偷了我的支票簿。前两本遗失的时间很接近,所以我难免起戒心。第一次,支票簿在它原本的位置,放在我手提包的皮长夹里,后来忽然"噗"地变魔术般不见了。我只好跑一趟银行,那个年轻人陪我一起去,因为他不肯让我开车了,有时候他实在很烦,然后我请他们再帮我办一本支票簿。我收到以后,把它收在我包包里,还特别留意,可是才不到两天,又不见了!所以我开始盯着那个年轻人,假装自己是私家侦探一样,每次他离去后,我都仔细检查支票簿是否仍好端端在我的包包里。这方面没问题,那年轻人他是清白的。那么是谁偷了我的东西呢?因为那天早上,我醒来的时候,支票簿又不见了,我只好再向银行申请一本!后来,我找到一个好地方把它藏起来,但还是一样,被偷走了,不见了。过了一阵子,那个护士不肯再带我去银行,我只好打电话,但银行不肯再寄支票簿给我,他们说:"小姐,您没仔细找,这些支票簿总不可能都是被偷走的吧,再说,并没有任何人使用您的支票,我们都有监控,小姐,应该是您把它忘在哪里了,再找找看吧!"而我呢,则叫那群白痴加三级的骗子去死啦,我至少还知道怎么找一本支票簿,至少还知道有没有人趁我睡觉时来家里偷我的支票簿。后来再打去银行,他们直接挂我电话,再后来,我也不懂,电话变得不像之前那么好用,根本打不出去,八成是半夜趁我睡觉时闯进家里的那些人搞的,现在我连打电话都没办法了。

说起来,他们也是蛮厉害的呀。

汤玛斯
那一天的六年后

几个钟头后,克拉拉的那一眨眼,令我怦然心动。算是一种后劲吧。我像平常一样,回到家里,像平常一样冲了个澡——我每次从安养院回来总会先冲澡——忽然间,那一眨眼又浮现我脑海。它萦绕着我,仿佛回想起她的眼睫毛,就令我不由得悸动。我打开电视,但不断看到的是克拉拉美丽的脸庞,对我微笑着并对我眨眼。我在沙发上躺了下来,把电视关成静音,改而想着她。

这几天以来,我时时刻刻都想着克拉拉。每天下午,我都盼望去那里,也希望她在值班。我挑衣服时特别用心。昨天,我买了一瓶新的香水,专柜小姐让我试了好几种味道,我用手腕内侧分别试了两种不同的香水,第三种则喷在我脖子上。

她凑近我闻了闻,凑得非常近,我闻到了她的气息,不禁感到一阵悸动。我已经很久没有悸动的感觉了。我立刻想到克拉拉,想着如果我的脖子感受到她的气息会是什么感觉,我随即又想着,如果她的气息遍布在我全身会是什么感觉。

之前,我提不起勇气,但今天,我一定要约她。我还不知道要约她干嘛,去喝两杯、去看电影、去吃饭,随便什么都可以,但我一定要约她。我盼望她出现。这个时间,她通常已经来了,我看到她转过来,照顾病患……这阵子,我注意到她对妈妈特别照顾。她告诉我她蛮喜欢她的。我问她为什么,毕竟妈妈跟别人已经不太有互动了,结果克拉拉说,妈妈还是有互动,只是以她自己的方式互动。按照克拉拉的说法,尽管得了阿兹海默症,每一位病人仍会在内心深处保有一点什么,保留很久很久,算是一种一丝尚存的联系吧。这一切或许听起来很美好,但我呀,看得出来,我在妈妈眼中显然已毫无任何重要性可言,说起来就好像我不存在了一样。而且最糟的是,我也认了:她和我之间已无互动,这一点我很认命地接受了。克拉拉说,重点不在于她特别和谁有互动,而是有互动就很好了,对象不重要,方式也不重要,是特定对象或不定对象都没关系:"只要有互动就有生命,或该说,就有人性,因为倘若没有了人性,那么就算有生命……大家也会盼望她离开。"我知道克拉拉所指的,是我和妈妈之间即将发生的事,等到她变成真正的植物人,我们将只求一件事,就是求这种情形别一直拖下去。仔细一想,其实蛮可怕的:如果一切照这样下去,再过不久,我就将盼望我母亲快死。

妈妈的互动,克拉拉告诉了我:那是在替她洗澡的时候。她通常会鬼吼鬼叫,会想要打人,但过了一会儿,如果对她很温柔,她就会平静下来,闭上眼睛,呼吸也变得平缓安稳。然后,她会把手轻轻地,放在拿着海绵的人的手上,以这种方式跟着一起画圈圈搓洗自己的身体。仿佛能享受轻抚,却不用花力气,只是一种意念而已。

我喜欢这个动作,喜欢这个意念,因为只要它还存在,妈妈就还活着。

玛德莲
那一天的三年后

想要快乐,所需要的并不多,真的不多,简朴少欲即可!只要一点点净水和绿意,我们就绿……讨厌。

想要快乐,所需要的并不多,真的不多,简朴少欲即可!只要一点点净水和绿意,我们就可以……烦死人了!

想要快乐,所需要的并不多,真的不多,简朴少欲即可!只要一点点净水和大自然……不对!

想要快乐,所需要的并不多,真的不多,简朴少欲即可!只要一点点净水和绿意,让所有都享……不对!不对!不对!

想要快乐,所需要的并不多,真的不多,简朴少欲即可!只要一点点净水和绿意,让大自然享受我们,几道蜜蜂……唉唉唉……

想要快乐,所需要的并不多,真的不多,简朴少欲即可!只要一点点净水和绿意,好好享受大自然,在天空画上几道阳光就行了!啊,对嘛!我好不容易还是做到了!

2. 谎言

汤玛斯
那一天的六年后

"怎样,她在这里不错吧?"

"我不知道。"

"什么话,当然不错啰!对不对,妈妈,你在这里不错吧?"

"茱莉叶,别闹了,她不会回答你的。"

"你管我!不是呀,说真的,我觉得她在这里很不错,你也看到了,她没有瘦太多,这里的人把她照顾得不错,还陪她玩……"

有时候,星期天,我们三个一起去探望妈妈。我们相约在她寝室里,围在她身旁,时间过得很缓慢,我们心里难过。

"我也觉得她过得不错。这段时间,她比较少打人了吧?"

"对,可是劳伯特,你呀,她本来就很少打你,不知道为什么。像茱莉叶有时候就被打得很惨……"

"就是呀,她打我可不手软!对不对,妈妈,你打我都不手软哦?"

"茱莉叶,别闹了!而且我告诉你们,说到挨妈妈打,我可是纪录保持人耶,是各项冠军喔!"

"对,你说得对,我们都比不过你……可是我呢,被她骂得比你们都惨。"

"还好吧……"

"谁说的!她一天到晚骂我的'种',你们没发现吗?一下子骂'没种',一下子骂'孬种'……"

"哎呀,那是因为她很喜欢你的'种'呀!对不对,妈妈,你是不是很喜欢他的……"

"茱莉叶!"

我们心里难过,所以常常只好嘻嘻哈哈。

玛德莲
那一天的三年后

目前的情况嘛,不错啦。我必须说,还不错啦。是呀,医师,确实是这样。对,一般来说,事情我都记得,对。喔,一些不重要的小事,我会不记得,但不然的话,还不错啦。我不会骗您的呀,医师。我们都这么熟了,没有必要骗来骗去呀,九一一事件、圣战士那些的,都知道呀。那些药吗?还好。喔,对,对,没问题。而且您的那位小护士都会定时要我吃药。就是现在在外面等我的护士呀!对,我知道他不是护士,比较像是居家看护,但我这样喊他,他比较高兴。不是,不是我儿子,我儿子现在在上班,他太忙、太辛苦了,没时间照顾我,再说,他也不是做这一行的嘛!不是,我就跟您说在外面等我的不是劳伯特嘛。汤玛斯?那位护士叫汤玛斯?大概吧,我不知道。我都叫他人很好的年轻人。但是医师呀,老实说,那个年轻人,那位护士呀,有时候,对,我需要一点时间回想一下,对,有时候我记不太清楚,我承认。我不会骗您的嘛,医师,我们都这么熟了,对呀,您懂的嘛。不会呀,不会常常这样!不会啦,怎么可能,他跟我打招呼,我问了他,他就说他每天都在这里,所以我就知道是他。都是同一个人,对。确定,对。很确定、很确定吗?噢,我也不知道,也许有一两次由别人代班吧。也许吧。而且圣战士呀、九一一事件和所有那些阿哩不搭的,整个循环很有帮助呀,您和我一样也知道真相嘛,对不对。对,对,我明白您的意思,绝对不会说出去,守口如瓶。抱歉,您说什么? 对,我都有去医院。对,很好,非常好,尤其那些小游戏,对。很棒,很有进步,玩得很开心,都很好。就是这样。好啦,我不要再占用您的时间了,外面还有很多人在等呢!唔,您很成功呀,和我女儿一样,有自己的房子那些的,医师您很棒呀,应该赚不少唔。好,医师再见。您想要见见那个年轻人? 他应该没生病吧,有吗? 您还是想要见见他? 好,好的。好,我就在这里等,没问题。不会,我不会乱跑,绝对不会。不会,我发誓。

汤玛斯
那一天的六年后

我仔细找了各个交谊厅,都没看到妈妈。我猜她在寝室里吧。我一面爬楼梯上五楼——不搭电梯了,我最近体重增加太多,该运动一下——一面想着不晓得克拉拉今天下午是否在值班,因为我也没看到她。昨晚在餐厅算是相当愉快,我问了她几十个问题,因为我很讨厌聊天时冷场,然后也因为我喜欢听她说话,但我没问她今天是否要上班。我很想见到她。昨天,她很美,打扮得很漂亮,我从来没见过那个样子的她,在这里,她总是穿着浅粉色的制服和胶鞋……她来到餐厅时,穿着一袭简洁的黑色洋装和高跟鞋,我不由得瞪大了双眼,希望她没太注意到才好。我们一起欢笑,说了些心里话,没有接吻。我并未试着亲她。我不想操之过急。而且,我也想再更确定一些。

五层楼爬得我气喘吁吁,但还好。我看到克拉拉在走廊的尽头:她站在妈妈房门口,肩膀倚靠着门框,正望向寝室内。我感到担心,立刻前去与她会合:"克拉拉,你好。怎么回事?"

"你好,没事,别担心。但我想先别打扰她,也许就快结束了。你看。"

妈妈背对着我们,站在门旁。她右手握拳,前后摆荡了几次后,忽然放开手。接着她望向寝室的另一头,靠墙的这一侧。然后,她举起右脚,放在自己左脚上,她不得不伸长双手以保持平衡。等站稳后,她开始以怪异的方式一跳一跳前进,然后突然间,把右脚放回地上。

"她在做什么?"

"你看不出来吗?"

"看不出来。"

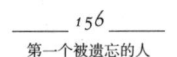

"等等,还没完,她要继续了。"

妈妈又重复这奇怪的把戏:一脚踩在另一脚上,以怪异的方式前进,再把脚放回地上。但这次,到了墙边时,她跳了最后一下,随即高举双手。我觉得她看起来蛮激动的。

"所以,看懂了没?"

"还是不懂。"

"我觉得她在玩跳房子。"

"跳房子?"

"对,我观察她一会儿了,几乎能确定就是跳房子。"

"喔……"

"喏,她跳回来了,要重新开始了。你看,现在她在瞄准和抛出小石子,对吧?她单脚跳跃,至少意思到了啦,对不对,现在换成双脚跳,你知道的,就是有两个数字并排的那两格,接着她又单脚跳,哎,小心,有点站不稳,好险,现在她又跨开双脚,踩并排的最后两格,然后就到天堂了。她赢了。"

"对耶,你说得对。她看起来很高兴。"

"我也这么觉得。"

"那她每次都赢吗?"

"对。至少我看到的这几次,她每次都赢。起码连续十次哦。跳的部分,我倒觉得还好,不过丢小石子呀,她真的很厉害……每次都是一投就中!我还从来没有这样百发百中过,显然,站在你面前的这位,以前是跳房子高手呢!是操场上的狠角色唷!"

我笑了,她也笑了。把我逗笑了,她很高兴。我把手贴向她背的下方,轻抚她的腰间。

"大情圣,别毛手毛脚!万一被别人看到……我恐怕会有麻烦。"

"是,对不起。"

"但是可以先存起来,留着下次用喔!而且,下次换我请你。不去餐厅了,来我家吧,我想做菜给你吃!你觉得如何?"

"你说了算!我可惹不起操场上的狠角色……"

"乖。因为玩弹珠的话,没有一个男生比得过我。"

"遵命!"

"告诉你,我可是杀手级的唷。"

她把走廊从左到右快速扫视一遍后,在我嘴唇轻轻印上一吻,随即继续巡房去了。

我嘴上挂着微笑,在原地愣了片刻。感觉我的嘴唇被她亲了以后,变得柔软多了,不是吗?

然后,我眼前不再雾蒙蒙一片,我回过神来,回到现实。妈妈在床旁继续她那奇怪的把戏。她把小石子扔出去,单脚跳跃再跨开双脚,再度单脚跳跃,再度跨开双脚,乃至于最终一次跳跃。她露出笑容,高举双手:又赢了。

妈妈上天堂了。

玛德莲
那一天的三年后

"六二十二。六三十八。六四二十四。"

"对,好,继续。"

"六五三十。六六……三六!"

简单啦。我跟你说,不是我要讲,但是他们的那些题目喔,像这样叫我背九九乘法表,简直把我当成四岁小孩子一样。那些课程,实在是烦死人……

以前,我蛮喜欢上学的。我还记得有一天,我摔跤了,擦伤了膝盖,因为我穿裙子,流了不少血,还有一小块皮肤垂着。我哭得好伤心,连老师都给我糖果吃。她的桌子抽屉里有糖果,这倒是令我很惊讶,我以为老师们的桌子抽屉里呀,只有原子笔、纸、圆规和粉笔。结果不是呢,这个抽屉里,居然还有甘草糖。老实说,糖果安抚了我不少。某天,这位好心的老师死了,但没有人告诉我们,我直到好多年后才知道。来代课的是个奇怪的男人,我们几个女生一点都不喜欢他,都叫他吸血鬼,因为他皮肤很白,而且所有小孩都怕他。

"来吧,玛德莲,我们像平常一样继续,现在比较难啰。我们从七十七开始,每次减掉七,好吗?"

"好。所以,七十七。好。七十。对吧?"

"对,继续。"

"所以,刚才说七十了,所以,呃,六十三。然后是,五十……呃……五十二?"

"不对。"

"我知道,我知道,五十三!"

"不对,玛德莲,专心一点。六十三减七等于? 等于?"

"五十……四?"

我记得,还有一次,在学校,我妹妹的笔袋被偷了。有个男生在踢足球,就是邻居阿姨的儿子,他踢得太用力了,结果球从大门上面飞出去,砸破了隔壁低年级校区的玻璃。哇,他被惩罚了,被惩罚得很严重,那天在操场上,我们都不敢笑。上学真好玩。

"喂,玛德莲,您心不在焉喔。请您再认真算一下,每次都要减掉七。您刚才算到六十三了。"

"对,六十三。"

"所以,六十三减七等于? 等于?"

我实在很讨厌这个女的耶!另外那个比较好,比较亲切,可是这个喔,老爱摆架子,真受不了。

3. 结果

汤玛斯
那一天的六年又六个月后

　　短短几个月,病情恶化得很严重。阿兹海默症真的对妈妈开战了。她摔倒了好几次,最后一次下楼梯时,最后几阶没踏稳,摔断了脚踝。为了方便起见,打石膏的这段期间,先让她坐轮椅;后来石膏拆了,但妈妈再也没离开过轮椅。仿佛因为长时间坐着,她就忘记自己能走路了。如今,到此为止了,她再也不会走路了,他们信誓旦旦地说。

"他们",指的是那些医生。他们很久以前就不曾再有任何一丝丝的乐观了;现在,又进阶了:从现在起,是结束的开始。他们要让我有心理准备。他们向我说明妈妈将如何彻底"植物化",然后以很学术的口吻,又告诉我几种可能导致她死亡的方式,再过一阵子,心脏停止或肺炎吧。再过多久?这个嘛,他们也不知道。他们也说不准。每位病人的情况不同,"有些人发病后又活了二十年,不可思议吧!"但一般来说,不会那么久,通常是八年,其中一位医生如此告诉我;大约七到九年吧,另一位医生这么说。我不是数学专家,但我想两个意思是一样的。

说到互动,已是彻彻底底结束了。克拉拉告诉我,这阵子,妈妈的手不再跟随海绵了。就算妈妈偶尔还会说话或发出声音,对象也不是我们这些还活着的人,不是的,只是她自言自语罢了,谁知道?也许是她身边或她内心里的假想对象也不一定。

克拉拉很坦白,她告诉我:"对,最糟的部分要开始了。"而我很难想象还有什么能比刚过完的这几年更糟。于是她把我拥入怀里,说她会陪着我、陪着妈妈,陪我们一起走过这一段。任谁都看得出来,虽然克拉拉还不曾说出口,但她爱我;我也爱她,我经常对她说我爱她,因为我知道我呀,表现得不是那么明显。我觉得这样互相平衡挺好的。

我问她,什么才是"最糟的",她说会变得极度瘦弱、完全丧失自主能力,到最后连进食都不会了,但这不是指无法用叉子把食物送到嘴里,不是的,不只如此;走到最后,所谓的"连进食都不会",

完全就是字面上的意思:就算你把食物放到病患的嘴里,他也不知道该干嘛。咀嚼、咬碎、吞咽?忘光光啰。

但仍然有比较好的,或该说更糟的:如果她没那么早死,有可能进入一个匪夷所思的阶段,那是我想都没想过的一种荒谬情形:连吞口水都不会。我为了确认是否有听错,还请克拉拉重复了一遍:到最后,病患经常变得连吞自己的口水都不会了。

于是,我最害怕的事情发生了:我盼望妈妈快死。

玛德莲
那一天的三年又六个月后

门口那头吵吵闹闹的又是怎么回事?烦死了,连在自己家里都不能耳根清净了吗?

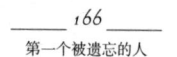

"是谁在那里呀?"

"是我,汤玛斯!"

汤玛斯?我没有认识叫汤玛斯的人呀!然而,我认得这个声音……

"哪个汤玛斯?"

"就是照顾你的那个护士啦!"

护士?开什么玩笑?啊对啦,我真笨!这声音……是我老公麦克斯的声音嘛!他总是喜欢开玩笑,逗我开心!所以是他回来了吗?我真高兴!

"啊,是你呀!我好想你哦!"

咦……他不是一个人?还有谁和他一起?是我幻觉吗,不会吧!不可能,居……居然是她?真的是她?她在我家里?她干什么,想去哪里呀?不,不可能,我一定会醒过来……这个女人居然来我家里,还敢大剌剌在我面前走来走去?还把这里当自己家里一样!不准过来……千万别过来,这个不要脸的女人！她差点抢走了我的麦克斯。她故意装得一副楚楚可怜的样子，只为了抢走他，我先和你当姊妹淘，好跟你老公上床，口是心非的家伙……还是趁我大肚子的时候！他向我发誓，这事只发生过一次，他以后再也不会见她了……可是现在，他们却在一起有说有笑，仿佛我不在这里，仿佛我不存在似的！她居然朝我走过来！她居然还敢对我笑？

"好了，我该走啦，妈妈，换汤玛斯陪你啰！"

我有没有听错，她叫我"妈妈"？而且她喊他"汤玛斯"而不是"麦克斯"？这女人不但不要脸，还疯了嘛！她在干吗，又靠过来了？

"亲一个！怎么了，你不亲我一下吗？"

"还敢要我亲你，你这个贱人！啪，亲这个吧！"

她被赏这一巴掌是活该。难不成她以为可以

这样登堂入室抢走我的麦克斯吗？一定要给她点颜色瞧瞧！

"还嫌不够吗，贱人？还要我再赏你几巴掌吗？"

你等着瞧，我一定要再补你一巴掌，我一定要让你……咦，为什么麦克斯抓住我的手？她被打是活该呀！

"贱货，混蛋！"

"妈妈，拜托！你冷静一下呀！"

他们联合起来对付我？麦克斯站在她那一边？那个狐狸精到底灌了他什么迷汤？

"王八蛋，混账！"

"玛德莲！"

麦克斯吼我。他吼得很大声。麦克斯从来没有吼过我，他是个很棒的老公……为什么他要这样对我？我那么爱他……他吼我……是为了她？

"可……"

不可能,他总不会为了那个狐狸精而要离开我吧!我好怕他离开……我……我的麦克斯……

"你为什么……"

我感到泪水在眼眶打转,我忍不下去了。我得离开。

我不要麦克斯看到我掉眼泪。

汤玛斯
那一天的六年又六个月后

我算过,从我人生发生骤变起,到现在已将近八年。这昏暗的八年宛如永无止境,被忧郁和泪水所淹没,思念着已然不在的逝去的人或尚在的人。尽管如此,我仍活着,或说我撑了过来,模仿着之前的我,只不过已被掏空。我每天早上都照常醒来;每天晚上,我睡得不多,但仍算是有睡;至于早上和晚上之间嘛,乏善可陈。想念我父亲、挽不回我的未婚妻、照顾我母亲。

乏善可陈。

然后,最近这段时间,出现了两个小奇迹:克拉拉和写作。没错,感觉又回来了。大约一个月前,某天傍晚,从安养院回到家里,经过计算机前的时候,我感受到了,手指尖感受到了。那个岩浆呀,它就在那里。那感觉很奇怪,起先,我不确定这股热烫感是否只是昔日习惯的一种惯性、只是见到键盘所产生的一种制约反应而已,结果不是的,而且很确定:我想要写作。我顺其自然,于是,我把自己当成妈妈,开始写呀写的。我以她的口吻谈这场病,谈她所遭遇的这一切。

我想要假想自己是她,尽管这个时候,她已经不太像她自己了。

当然,我所写的内容是虚构的,但其实也没

那么虚构:我母亲已无法表达自己,有谁比我更适合为她代言呢?有谁比我更有权利拥有她使用过的用词和表情,和她曾告诉过我的恐惧呢?第一天,我连续写了将近五个钟头。我再度尝到这种已淡忘的感觉,那是一种全然抛开一切的满足感,与时间隔绝,也与世界隔绝。这次是走进妈妈的世界。

从那时起,我便不假思索地持续写作至今。每天都写。我已经写了快七十页,有时候会遇到困难,我羞于将某些事情写出来,羞于将某些话语放入母亲嘴里,羞于替她某些不理性的举止,构想一些八成只是胡乱揣测的理由。但我不管:我有这个权利。

等写完了,再看看要怎么处理这些稿子吧。先等这一切结束再说。如果我只打印唯一的一份稿子,偷偷塞进妈妈的棺材里,好让这一切成为只有她知和我知的事,让她把我们的秘密带进坟墓里呢?

玛德莲
那一天的三年又六个月后

我生气了。烦死了,烦死了,烦死了。除了那个年轻人,都没有谁理我了。麦克斯不晓得跑到哪里去了,另外那个家伙也一样,还很难说呢,我也不知道。烦死了,烦死了,烦死了!这张椅子干嘛挡在这里?一定又是我妹妹搞的,混蛋。不对,她是好人。贱女人。电视爱演不演,一下子动,一下子不动,一下子动,一下子不动,烦死了,烦死了,烦死了!还有那双鞋子啦,最讨厌的就是鞋子,不是我要说,我的手指尖好痛,这样要怎么打毛线,还有电视就更甭提了,一下子动,一下子不动,一下子动,一下子不动,一下子动,一下子不动,烦死了!

不晓得妈妈几点要开饭,可是这双鞋这个样子,我哪里也去不了呀,贱女人,妈妈!不对,她是好人,是电视不好,一下子动,一下子不动,一下子动,一下子不动,一下子动,一下子不动,一下子动,一下子不动,一下子动,一下子不动,烦死了,烦死了,贱女人,一下子动,一下子不动,但那个人很好的年轻人不会,也很难说,他会偷我的支票簿,我敢打包票是他,所以要藏好。

要是还能有一些人,或有一些狗就好了,就像老师那样,好啦,鞋子嘛还可以啦,可是现在我什么都没办法做,没办法打毛线或干吗,烦死了,烦死了,咦,走廊上有人经过,又是谁呀,啊,是那个年轻人,是他经过走廊,照顾我的那个年轻人经过走廊,支票簿应该在他那里,小偷,现在我没办法买新电视了,它不动了,一下子动,一下子不动,一下子动,一下子不动。动了。如果是为了这样,那不行,绝对不行,椅子乱七八糟,鞋子呀,麦克斯和他那个朋友汤玛斯呀,跑出去不晓得哪里,不知道他们几点会回来,那个汤玛斯对我儿子有不良影响,我烦死了,烦死了,就像电视一样,又是那个护士搞的鬼,那个王八蛋,半夜偷了我的支票簿又对我的电视动手脚。一下子动,一下子不动,他经过走廊,这都是他搞的,他再这样经过,或再这样搞电视,我一定要打他,再不然就是他藏了谁。我好饿,妈妈也是,她烦死了。

妈妈好可怜,因为生病,她少了一边乳房。只有一边乳房,看起来很丑耶,好难看喔,一边是正常乳房,一边是被切掉的,烂透了。反正,电视上一天到晚看到的都是胸部,可是不动的时候看不到,那电视呀,有时候动,有时候不动。烦死了,烦死了,烦死了!电视混蛋啦。

不对,它是好人。

贱女人。

4. 日常生活

汤玛斯
那一天的七年后

每天三个小时没人陪,很漫长耶。我和她在一起,她愿意的时候,我就握着她的手,但我很孤单。有时候,我愿意想象她就在这里,只是被困在脑袋深处的一小团细胞里,而其实我说什么,她都听得到,就像某些陷入昏迷的人那样。大家都跟我说不是这样的,以妈妈的情形而言,这是不可能的,这个病对脑部造成的损伤已太过严重,但这种事谁也说不准,所以我仍然姑且一试。反正,我也没什么好损失的。

  如果从诚实且理性的立场去看,我确实不得不承认,我这样每天陪伴在她身旁,其实已无济于事:不论我是否在这里,不论我们是一个人或一百个人在她身旁,她都是孤单一人。说不定更惨,连一个人也没有,连她也不在这里。如果是这样,遇到天气不好或我生病的时候,我应该可以不要来,而待在暖呼呼的家里,或好好休养,又或是好好享受多年来久违的自由午后时光。这样并不会影响到任何人。

  问题是,我既不想诚实也不愿理性。我想要爱怎样就怎样,我想要凭自己的感觉去做。我知道我必须要在那里,我觉得有必要,八成是一种需求吧。一定会有心理医师说我做这一切,与其说是为了她,更是为了我自己,说我这样是为了让自己心安理得和获得陪伴,但我不管,我的位子就是在那里,在她身旁。随着时间,某些目光起了变化:在某些人眼中,我从起先孝顺又贴心的儿子,变成了一个偏执的人,说不定还有那么一点不正常。我几天前头一次察觉到这种变化:我一如往常在相同的时间,推开安养院的玻璃大门,正向一位护士打招呼时,我看到他背后有两位看护一面望着我,一面互相讲悄悄话;接着她们其中一人目光向上飘,稍微摇了摇头,一副"噢,那个妈宝每天真够准时"的意思。我想必像所有怪人那样,被取了难听的绰号,我也发现,她们眼神中的同情和理解已不复存在。我不知道为何变了,但我无所谓。

我真的一点都无所谓。我很久以前就学会不要去管别人的误解,而且正是因为一个绰号的缘故。当年,我大约十六七岁,那次很特别,尽管我父亲向来讨厌出远门,我们和他一起去了意大利,因为他希望带我们去意大利北部的帕多瓦省,认识他父母的故乡小镇,我们在那里的姑婆家待了几天。小镇太小又太平静,以至于任何大小事都会被注意到;过了三四天,我因此注意到,每天午餐过后,几乎同一时刻,必定有个手上拿了朵鲜花的老人,从我们家门前经过。我问姑婆,他是谁,为什么天天带着花散步。

"他不是散步,是去墓园。"

"喔?"

"对,每天同一时刻,已经四十多年了。"

"四十年?"

"对。他从来没有一天例外。不论如何,每到下午一点,他一定徒步穿过整个小镇,从来不搭车,就算下着雪,就算刮大风,他也会一路走去墓园,献一朵花给他太太。"

"他太太死了四十多年,可是他每天还去墓园送花给她?"

"对。"

"这家伙疯了嘛!"

我当时是认真地这么想。我才十七岁,无法理解这种爱情、这种牺牲、这种忠诚。想来想去,就是这个老头儿疯了。我觉得这件事非常好笑,是回去以后可以讲给死党们听的精彩八卦。

"你知道,在镇上,大家都怎么称他吗?"

"不知道,快说来让我笑一笑!死人骨头?墓园先生?花疯的人?哈,这个好笑!"

"不是。大家都称他'深情的人'。"

"'深情的人'?什么,就这样而已?"

"对,而且这道理很深。将来有一天,你会明白的。"

我耸耸肩,继续去一旁嬉笑。隔天,我偷偷等待那个老人。接近下午一点时,我看到他从路口那头过来,他走得很慢。他经过我们家门前时,用拇指和食指捏了一下帽缘,向我打招呼。近看,他真的很老了。他花了很长的时间才把这条路走完,我远远跟着他一路走到镇中心的小墓园。我看到他很费力地在一个外表普通的墓碑前蹲下来,这墓碑和其他墓碑唯一的差别,在于它前面摆了一个很小的花瓶,花瓶里有一朵漂亮的白花,老人把白花换成一朵漂亮的红玫瑰;接着,他开始说话。他在对已经死了四十年的妻子说话。就这样持续了一会儿,持续了好几分钟,他不停地跟她说话;然后,他亲吻了自己的手心,再放在冰冷的墓石上。这一吻之后,他费了好大的力气才又站起来。我赶紧后退,生怕被他看见,随即一路跑回家。我在房间里待了几分钟,心头酸酸的,我很难过。或应该说,我很感动。姑婆说,将来有一天,

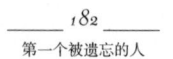

我会明白的,我只花了一天就明白了。

所以今天,与其生气,我告诉自己,将来有一天,那些目光往上飘的女孩会明白的。

玛德莲
那一天的四年后

"噢,不要!"

"周三至周四夜里,曾有人目睹该名男子驾驶一辆白色小卡车,如果您有认识符合以上特征的人,请拨打画面上的这个号码。"

"喂,你该不会又来了吧?"

"体育消息,镜头转到足球,冠军联赛已开打,热门队伍却出师不利,巴塞罗那在自家场上仅与对手踢成平手……"

"……"

"……而曼联则是输掉了外围赛,终场以三比二做收,在画面上,您看到的是在最后一分钟导致曼联落败的关键进球,非常精彩,球员们欣喜若狂。"

"停!"

"最后为您播报气象,从卫星云图可以看到,接下来的天气相当晴朗……"

"好啦,妈妈,我关掉了,够了!你不管什么都要跟着念一遍,要把我逼疯了啦!明天我就去买新电视放到你房间!"

汤玛斯
那一天的七年后

我决定搬去克拉拉家。事实上,是她踏出了第一步,提议要搬来我家,但我想要离开这个房子,换换环境。我们原本打算找个新房子,不是她家,也不是我家,而是个中性的"我们家",但我喜欢她的住处，我在那里感觉很好，很自在。所以，就这样，我们挑了个正式的搬家日期，亦即再过两星期。我也自然而然打电话给劳伯特，请他来帮忙，其实不该找他，因为没有太多东西要搬。我忘记早在之前，搬来妈妈家的时候，我就已经让他几乎是白跑一趟了，因为当年我只有少许家当和一台大电视；这次，家当更少了，因为有一大半已经在克拉拉家，而大电视已在几个月前寿终正寝。结果，我们用劳伯特的车只来回载了两趟，我那几个仅装了半箱各式杂物的纸箱，和区区几袋衣服，一点都没有把车子轮胎压扁；而且，我知道其实一趟就能搬完，但那么一来根本不像在搬家，也就没有借口声称自己是英勇的搬家勇士，而吃到克拉拉犒赏我们的奖品披萨。披萨是她叫的外送，果不其然姗姗来迟且几乎冷掉了。真是美好的一天。

从今以后，我的时间表焕然一新，流程截然不同了。我每天的第一件事，就是在早上七点左右，费力地睁开一只眼睛，这是克拉拉闹钟响的时间；通常她会亲我一下，我则迫不及待再闭上眼睛，因为我现在能够再度睡着了，这堪称另一项奇迹。向来很喜欢睡觉的我，终于又能享受连续熟睡七个，甚至八个小时的无与伦比的美好感觉，不会提前醒来，也不会做太多噩梦；或者，就算做了噩梦，我也能够再度入睡，只要紧紧拥着克拉拉即可，如果她去上班了，抱着她的枕头也行。等我两只眼睛都睁开的时候，大约是十一点或中午，全看灵感让我写到凌晨三点或四点。我总是入夜后，等克拉拉睡着了才写作。这种作息让我醒来后有时间去运动——我去游泳，渐渐找回从前的身材，我觉得这样还不错，看起来没那么老了，现在我应该又恢复成我这个年纪该有的模样吧——然后，我简单吃一点东西就去探望妈妈，克拉拉和我回到家的时间差不多，所以傍晚过后我们都在一起。

大家都看得出来，我的情况越来越好。茱莉叶和劳伯特非常喜欢克拉拉，他们很高兴，也很欣慰看到我步回人生轨道并再度开始写作。然而，妈妈的情况却一天比一天糟。

常常，我因为再度变得快乐而感到惭愧。

玛德莲
那一天的四年又六个月后

今天太阳好大！难得天气这么好，一定要把握机会出去散散步！我的鞋子呢？哎，算了，不管鞋子了……戴上太阳眼镜就出门吧……好了，走！呵呵，我走到哪里，你就跟到哪里，你很高兴唷！你知道我们要出去散步！呵呵，它好高兴，一直摇尾巴！我今天要带你去一个特别的地方，那里很棒,你一定会喜欢!来,坐好,我们来系绳子!对,别动,系好了,你真是很乖的小狗。

走,我们出门啰!噢,还好我戴了太阳眼镜,居然出这么大的太阳!来吧,走,我们去海边!脚底下能踏着暖洋洋的沙子,多幸福呀……结果我真高兴没找到那双鞋子。我实在好喜欢晒太阳,好喜欢皮肤上暖洋洋的感觉……

就这样待个几分钟吧……让阳光晒晒我的脸……

好满足……好幸福……小狗也很开心,它躺在热乎乎的沙子上伸懒,像猫一样呼噜起来……

"玛妮,我没骗你吧?"

舒服……这样真舒服。

我真希望这一刻永远不要停。

汤玛斯

那一年的七年又六个月后

妈妈已经走到路的尽头了,大家都感觉得出来。这种事克拉拉见多了,我和她聊的时候,她总是措辞谨慎细心,但她也认为来日不多了。几个星期吧,顶多几个月。茱莉叶和劳伯特听了很震惊,我也是。他们几乎每天晚上都打电话给我,我却没什么能告诉他们的。以前,他们会问:"妈妈还好吗?"可是现在则是问:"今天她到什么程度了?"而我们都很清楚这个"程度"指的是什么。这个"程度",是妈妈抵达终点前所剩的距离,是她距离死亡所剩的时间。真正的问题应该是:"你觉得,妈妈大概什么时候会死?"这个问题已经不会令我感到突兀,因为我天天也想着这个问题。我们已经走到这个地步了。

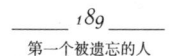

妈妈经常生病,她前阵子肾脏发炎,得了重感冒,还染上肺炎。她康复了,但每次状况都变得更差一些,每次都更瘦、更虚一些。病情一次又一次地抹去仅存的一丝丝她的痕迹。

这三天来,是膀胱发炎。她得服用好多好多种药,我连是哪些药都不知道了,也不想知道。

妈妈什么都不会做了。什么都不会。她毫无主动反应了。偶尔,她仍有被动反应,或至少她的身体仍有被动反应,也不知是什么原因引起的。虽然越来越少见,但别人触碰她时,她有时候仍会紧握或推开,但已经感觉不出任何意图,只是反射动作而已了。

5. 其余的事

玛德莲

那一天的五年后

有狼有狼有狼有狼有狼!

有狼!妈妈!

有狼有狼有狼有狼!妈阿阿阿妈!

有三匹狼!

有三匹狼有三匹狼有三匹狼有三匹狼有三匹狼有三匹狼有三匹狼有三匹狼!妈阿阿阿阿阿阿

妈!

到处都有狼,到处都有狼到处都有狼到处都有狼到处都有狼,妈阿阿阿阿阿妈! 妈阿阿阿阿阿妈! 有狼,妈阿阿阿阿阿妈!

可是,那匹狼,它,咦,那匹狼,不对,有位先生! 他在笑? 有位先生在笑?

妈阿阿妈……有位先生,有位先生在哈哈笑。

他在哈哈笑。

妈妈。

汤玛斯
那一天的八年后

每次电话一响,我的心就纠结起来:我心想也许这就是那通电话。

那通电话,我既畏惧又期待。我经常想,宽慰或悲伤,不知最后的心情到底会是哪一个。

我好惭愧。

人怎么可以盼望自己所爱的人死去呢?什么情况下,才有权利盼望这种事情发生呢?在什么情况下,这样是可接受的?这样到底是好还是不好?

好或不好,其实,我从来就分不太清楚。必须说,在这方面,我父亲并没有教我很多;或应该说,他教我的是别对这种事太武断。当年,我大约十三四岁,我清楚记得那天晚上,电视节目请来几位哲学学者和不同宗教的专家,探讨善与恶:真是无聊得要命——尤其另一台正播放一部很棒的动作片——可是我父亲却看这番讨论看得似乎非常入迷。我请他转台,说了一次、两次、五次;央求到第十次时,我忍不住抱怨:"这辩论太无聊了啦,善就是不要做坏事,恶就是没做好事嘛,还不简单,我们转台看电影啦!"当我看到父亲去拿遥控器,我还以为是我那番愚蠢的坚持和论调误打误撞奏效了;没想到他的反应并不是我所想的那样:他只是关成静音而已。

"很好,你觉得自己很聪明,真的不想听一听这场辩论好好思考一下,真的只想转台?"

"对,拜托啦,你这个节目真的太逊了。"

"很好。那么我来问你一个问题,给你十秒钟作答,好吗?假如你能答出来,我们就看你想看的电影。这样如何?"

"太好了!但问题不可以太难唷!"

"不会,问题很简单。注意喔,等我一问完问题,你有十秒钟时间作答,多一秒都不行!"

"好啦,我懂!问吧。"

"好,听好。上帝出现在你面前……"

"这开头不错。"

"他弹了一下手指,你忽然来到一个有点老旧的小房间。房间里有个摇篮,摇篮里有个小宝宝。"

"摇篮里有个小宝宝?太惊人了吧,一开始就这么刺激?"

"别急,你待会儿就不想再搞笑了。上帝又弹了一下手指,你手里出现一把大刀。是肉贩用的那种大剁刀喔,很大一把,利得像刀片一样。这时候,上帝对你说:'我让我们穿越时空,来到一八八九年的奥地利。你面前的这个小宝宝,名叫阿道夫·希特勒。再过十秒,我们会回到现在。'你会怎么做?计时十秒。"

"我必须杀了希特勒?是这样吗?"

"我哪知道,等你告诉我呀。八、七、六……"

"可是我不能砍一个小宝宝呀!"

"但这一刀砍下去,你可以拯救上百万条人命!四、三……"

"等等,可是拜托,小宝宝耶,我……"

"一、零!时间到!"

"你这游戏很烂耶!这是什么烂问题!才十秒钟,我根本来不及想!杀掉希特勒没问题,可是他还只是个小婴儿……"

"所以呢?什么是善?什么是恶?到底要不要一刀砍死他?"

我完全不知道该怎么回答。我沉默的同时,他按下遥控器,开启声音:"很好,所以我们继续看这场讨论,或许能对你有帮助。"

后来,我继续思索这个问题不下上百次。随着不同的年纪和时期,我经常改变主意。假如这件事真的发生在我身上,大多时候,我依然不知道自己到底会怎么做,就算在摇篮前待上超过十秒也一样。

妈妈既不是希特勒也不是个小婴儿。但我是

否有权利盼望她死去呢？或许爸爸能用别的贴切比喻，帮助我想出答案……但愿他还在这里就好了。

可恶，我这才发现，再过不久，我将成孤儿了。

玛德莲

那一天的五年后

一，二，三，四，五，六，七，八，九，十。
一，二，三，四，五，六，七，八，九，十。
一，二，三，四，五，六，七，八，九，十。
一，二，三，四，五，六，七，八，九，十。
一，二，三，四，五，六，七，八，九，十。
一只手。一，二，三，四，五。
另一只手。六，七，八，九，十。
一，二，三，四，五，六，七，八，九，十。
一，二，三，四，五，六，七，八，九，十。

一,二,三,四,五,六,七,八,九,十。
一,二,三,四,五,六,七,八,九,十。
一,二,三,四,五,六,七,八,九,十。
一只手。一,二,三,四,五。
另一只手。六,七,八,九,十。
一,二,三,四,五,六,七,八,九,十。
一,二,三,四,五,六,七,八,九,十。
一,二,三,四,五,六,七,八,九,十。
一,二,三,四,五,六,七,八,九,十。
一,二,三,四,五,六,七,八,九,十。

一只手。一,二,三,四,五。
另一只手。六,七,八,九,十。

汤玛斯

那一天的八年后

妈妈不肯死。然而,她已经不在这里了,仿佛早已结束了。这里已毫无她的痕迹,但她的心脏仍继续跳动。

一如先前所预期的,妈妈不知道该如何进食了。她没能在落到这个地步之前先离开人世。妈妈仍不死。

妈妈也不知道该如何喝水了。所以也不让她喝水了,不然她会闷死,因为她的脑袋已经不知道该怎么处理这个水了;它想要呼吸这个水,那样妈妈会窒息。

妈妈无法喝水了,所以某方面来说,只好改用吃的。是的,确实如此。他们给她胶状的水。我想都没想过世上竟然有这种东西:一小杯一小杯的水,质地像布丁、像果冻,要用汤匙喂她,因为胶状水比液态水安全一些;起先我不明白,我心想胶状水也可能让人窒息呀,但这就是胶状水的好处:它不至于让人彻底窒息。唉,当然,受苦仍然是免不了的,会呛到,呛得浑身扭曲,但姑且说,有了这种东西,人几乎不会死。太棒了。

我都不知道自己是否仍爱她了。

每当我看到这个勉强苟活的皮囊,我都不知道自己有什么感受了。这种感觉实在叫人受不了,它令我反感,我令我自己反感。

死吧,妈妈,快死。我要你死,我希望你死,为了你,也为了我,为了让我能再次像之前那样爱你。

来吧,等我数到三,你就死掉吧。一⋯⋯二⋯⋯三! 咦,妈妈,你怎么没死? 不,你没死,因为你看起来不肯死的样子。可是你如果没死,那你又是什么呢？如果一个人既不是死人也不是活人，那么他是什么呢？妈妈，你到底是什么呢？

我们再试一次，好不好？数到三喔，一……二……三！

死吧，妈妈，快死，我求求你。若能让你死，我愿意少活一点。

玛德莲
那一天的五年又六个月后

我满喜欢这些鸽子。它们很爱面包，我把面包切成小块，把面包块丢给它们，它们便抢着吃。有时候，为了抢面包，还会打架呢。前两天，我把面包留在手心里，有两只鸽子飞来我手臂上，直接吃我手里的面包，对，真的喔，我手里有感觉到鸽子的嘴巴，爸爸也在，他就站在我后面，他也有看到！

有时候，它们没来，我会觉得很烦，可是我晚一点再来，就看到它们了。它们在等我！

我蛮喜欢这些鸽子。吃饭的时候，我会替它们偷藏一点面包在口袋里。所以鸽子们为了谢谢我，带了一个洋娃娃来送我。我原本没有洋娃娃，因为这些鸽子的关系，我现在有洋娃娃了。他是个男生，脱光光的时候，可以看到他的小鸟鸟。我好喜欢我的这个洋娃娃，这些鸽子真的很好，它们是全世界最好的鸟，它们飞去外太空挖星球，需要面包的时候就飞回来，所以我会喂它们面包，我都趁吃饭的时候把面包偷偷藏在口袋里，这样它们就能在外太空挖得更远，再带礼物回来给我。鸽子带了一个洋娃娃给我，他有小鸟鸟，是个男生，鸽子是全世界最漂亮的动物，比狮子或电视都更棒，谢谢。

6. 离开

汤玛斯

那一天的八年又六个月后

和爸爸那时候一样。同样难过,一模一样。同样痛苦,痛彻心扉。

跟我事前想象的完全不一样。没有如释重负的感觉,没有"终于",没有"这样对她比较好",也没有"她不用再受苦了",那些通通没有。在得知消息的那一刻,我并不是个清楚意识到母亲饱受病魔折磨而被告知她终于解脱了的儿子；我就只是个得知母亲噩耗的儿子而已。

一如有所谓的味觉和嗅觉的记忆，也有一种是痛苦的记忆。我的身体回想起了爸爸过世时的情形，回想起了那一连串连锁反应，在电话里听到那个声音说"先生，很遗憾，您的母亲刚刚过世了"的时候，我的身体又产生了一模一样的反应。首先，失去听觉和说话的能力，紧接着是失去时间感和空间感，整个人完全腾空了；随即是波涛汹涌的淹没，是无穷无尽的巨大悲伤。

身体再也承受不住了。

他们打电话来时，克拉拉也在我身旁，当时是晚上十一点，我们正在看的电影已接近尾声。电话响起，一看到来电显示是"安养院"，我当下就知道了，但仍希望只是紧急突发状况，只是要做某种决定，只是要同意对第 N 次发炎的肺部进行治疗而已。

但不是的。这就是那通电话。最后一通。我根本不需要向克拉拉开口,眼泪已经替我说了。我打给茱莉叶,但一个字也说不出来;于是她也开始哭泣。我把电话交给克拉拉,她只说"到那边见",然后我拨了劳伯特的号码,直接把电话交给克拉拉,她和他一起掉眼泪。我披了件外套,感到好冷。我在一片死寂中把鞋带绑好,然后我们立刻赶往安养院。

后来的事,我不知道了。

汤玛斯
那一天的八年又六个月后

车队一路前往教堂,劳伯特、茱莉叶和我在最前头,有蜡烛和管风琴,和几句我无心聆听的致词。车队一路前往墓园,妈妈从此和爸爸永远长相左右;劳伯特、茱莉叶和我依然在最前面,我们手牵着手,茱莉叶站在中央,小妹站在我们两人中间这个最安全的位置,她的头倚靠着一人的肩膀,然后又倚靠另一人的肩膀。偶尔,她会放开一只手去擦眼泪,但擦完继续握着手时,可是握得很紧的。茱莉叶呀,她又小又脆弱。

随后,亲戚们来妈妈家里,按照传统一起吃个饭,若是想趁天黑前赶回去的人,则简单喝个饮料。

没有什么好聊的,只有眼泪,很多很多眼泪,还有一大堆的"这样对她也比较好",但说这话的人什么也不懂,他们根本不知道这样对她是否比较好,因为他们并没有每天、每星期、每个月陪在她身旁,只有最后这几年打过几通电话而已。

日子宛如空转,既不快也不慢,时间扭曲了,忘掉时也许能有几分钟喘口气,但并不能忘掉很久。

夜里无法真正入睡,经常哭着醒来,但克拉拉的怀抱会安慰你。

克拉拉。

一些文件。一些手续。茱莉叶又恢复成茱莉叶了,干练地一手打理这一切,而且总不忘询问劳伯特和我的意见。会见律师。花一点钱,一点点而已。房子的事。

然后,有个惊喜。三封信。三个牛皮纸信封,是妈妈几年前托付给律师的。信封上以她秀丽流线的书写体字迹,写了我们三人的名字:每个信封背后各写了一个名字。我们已经忍不住哭了。妈妈各给我们写了一封信。

"假如你们想现在就读,我可以回避一下,你们可以放心读信。"

我很想说:"不必了,我们晚点再读。"但被茱莉叶抢先一步："好的,麻烦你,真的很谢谢。"律师出去了,我却不想把信拆开。

"我们轮流念信吗?"

"不,茱莉叶。妈妈并不是写一封信给三个人,而是给三个人各一封信。我觉得应该每个人各自读自己的信,这样就够了。"

"劳伯特,你觉得呢?"

"我赞成汤玛斯说的。反正,不论信上写什么,我也没办法大声念出来。以后,如果还想要念的话,再看看吧。"

"好,就这么办。"

"好,以后再看看。"

我不但把椅子向后退,还把它转向墙面。我不想要被他们看见。我先是摸一摸这个咖啡色的小信封,感觉里面只装了一张略厚的卡纸,类似祝贺卡那种。我尽可能小心翼翼地拆封,发现里面的确只有一张卡纸,上面只写了几句话而已。没有长篇大论,没有满满一页又一页的爱的字句:妈妈,谢谢。如果是那样,我会承受不住。

我把卡纸抽出来,一张对折的薄纸掉落地面:我没发现信封里还有这张薄纸。我把它捡起来:是书本的一张印刷页面。我又看了看信封里,但没有别的东西了。我偷偷瞥向我哥哥和妹妹:劳伯特手里拿着一块老旧布料,哭得很激动,茱莉叶呢,则正望着一个很小的耳环,激动程度不相上下。我呢,不太明白为什么会拿到这一页纸;我把它打开来,才读一句话就认出来了:是我第一本书的其中一页。它被裁切得很工整,想必是用刀片裁的吧;页面略微泛黄了。我迅速翻看正反两面,但并无特殊之处,没有注记,也没有任何特别显眼的地方。于是我开始阅读另一只手上拿着的卡纸。

我的宝贝汤玛斯：

再过不久，我便将无法言语，所以我希望留下这个给你，好让你知道最重要的事。你一定已经认出这一页了吧。它来自我藏书里的你的书，是你送我的第一本书，上面有题辞的，你还记得吗？仔细看看页面。有没有看到四个凸凸鼓鼓的地方？有没有看到四个墨迹有点褪色的小圈圈？这些是我阅读你作品所洒的最初几滴眼泪的痕迹。后来也曾再落泪，但这几滴呀，我永远不会忘记。我从来没有流泪流得这么高兴。你知道吗，我从来没有这么骄傲过。这一页对我好重要好重要……我一定要交给你。希望你留着它，作为对我的纪念。

我的心肝宝贝，我永远不会忘记你。

         爱你的妈妈

尾声

玛德莲
那一天的五年又六个月后

快快睡,乖孩子睡,乖孩子快快睡……快快睡,乖孩子睡,乖孩子很快入……我好喜欢我的洋娃娃,他很可爱又很漂亮,我喜欢哄他和唱歌给他听。睡吧,宝宝,来,睡吧……啊,爸爸来了!

"爸爸,你来了!"

"我……对,我来了……"

"说话别太大声,他在睡觉。"

"谁在睡觉?"

"哎唷,艾维斯嘛!"

真是的,有时候,这个爸爸真的很夸张耶! 这是我可爱的洋娃娃,我的艾维斯,他难道看不出来吗?

"艾维斯是谁? 是你的小宝宝吗?"

"才不是啦,爸爸! 真是的,胡说八道耶,我还太小,怎么可能有小宝宝! 艾维斯是洋娃娃呀!"

我爸爸很搞笑耶。但以后有一天,我会有小宝宝的,对,等我长大以后! 我结婚的时候要穿得像公主一样,像照片上的妈妈那样,但还要更漂亮,后面要拖很长很长很长很长的公主蕾丝,我的婚礼上要有鸽子和蛋糕,然后我会生小宝宝,会有真的小宝宝,不是艾维斯这样的! 而且我知道怎样生小宝宝唷,真的,我知道。

"好吧,来,该走了。"

"去哪里,去上学吗?"

"对,没错,我们要去一所新学校。"

"我可以带艾维斯一起去吗?"

"当然可以。"

"艾维斯,听到没?你要跟我一起去上学耶!而且还是新学校唷!"

太棒了!而且还是新学校耶,我就可以告诉他们怎样可以生小宝宝了,好棒喔!其他那些小朋友,他们一定不知道,我要告诉他们,等我长大以后会是怎样。等我穿得像公主一样,有鸽子和有蛋糕那样结婚以后,我会生我的小宝宝,会是个男生,一个真正的真正的男生。但注意喔,我不会像洋娃娃一样把他取名叫艾维斯。不会的,假如我有真正的小宝宝,我觉得我应该会叫他,呃……汤玛斯!

对,汤玛斯,这个名字很好听……

你的城市我的故事

刘 伊 著

三胞胎中的大女儿从出生起就被送走,然后又从养父母家中走丢,继而有了第二任养父母,在历经重重磨难后与亲生父母和第一任养父母相认。故事向读者展示了世间无血缘和有血缘关系的温情和亲情,歌颂了世间的真挚情感,告诉读者用感恩的心面对社会,是一部向真、向善、向美的作品。

趁热品尝

〔日〕小川糸 著

害怕外婆去世的孙女、男友即将前往国外的女子、一对即将分手的夫妻、与父亲相依为命的女儿、与画家丈夫鹣鲽情深的舞蹈家、父亲骤逝的家庭,六则人生故事随着六道不同的食物而开展。每道食物的背后,有甜蜜的、快乐的回忆,也有悲伤的、难过的,甚至讽刺的人生旅程。在这本书中,小川糸依旧发挥了对美食的描写功力,以细腻的笔触,慢慢品尝每一道美食所赋予人重生的力量与意义。

春天里的幸福饼

风为裳 著

田家四姐弟因为母亲的离世而去凝聚力,各家的生活都复杂纷繁焦头烂额。与此同时,姐弟间也产了间隙纷争。在经过母亲老房子拆和弟媳癌症风波后,四姐弟又重归好,合开了一家幸福饼屋。这部作向读者诠释了"家"的含义,让读从文中直接体验到家的温馨与幸福

底片的真相

〔英〕珍妮·瓦伦堤 著

哥哥杰克的死给家人带来了巨大变数:父母双双逃避现实,母亲从此入哀伤的无底深渊,父亲离家。15岁罗文开始肩负起照顾6岁妹妹的责任罗文偶然得到了一张底片,冲洗后发照片中人竟是两年前死去的哥哥。她着各种好奇开始寻找这张底片的根源原来这张底片是她哥哥的女朋友古借机给她的,希望他们一家能知道她哥在这个世界上还有一个恋人,一子。借此,希望这家人能重拾往日馨。这部小说向读者表达出谅解与是家庭组织必备的功能,它能够母、子女在互相拥抱中,生出力量